我们丛书

壮族作家作品系列

被热情毁掉的人

Bei Reqing Huidiao De Ren

陶丽群·小说集

广西民族出版社

Gvangjsih Minzcuz Cuzbanjse

图书在版编目（CIP）数据

被热情毁掉的人／陶丽群著．—南宁：广西民族出版社，2019.10（2023.5重印）
（我们丛书．壮族作家作品系列）
ISBN 978-7-5363-7317-4

Ⅰ.①被… Ⅱ.①陶… Ⅲ.①短篇小说－小说集－中国－当代 Ⅳ.①I247.7

中国版本图书馆CIP数据核字（2019）第216650号

我们丛书·壮族作家作品系列

被热情毁掉的人

著　　者：陶丽群
出版策划：石朝雄
责任编辑：黄　丹
助理编辑：黄迎春
装帧设计：张文昕
责任印制：梁海彪　张东杰
出版发行：广西民族出版社
地址：广西南宁市青秀区桂春路3号　邮编：530028
电话：0771-5523216　传真：0771-5523225
电子邮箱：bws@gxmzbook.com
印　　刷：三河市嵩川印刷有限公司
规　　格：787毫米 ×1092毫米　1/32
印　　张：5.375
字　　数：110千字
版　　次：2019年10月第1版
印　　次：2023年5月第2次印刷
书　　号：ISBN 978-7-5363-7317-4
定　　价：49.00元

总序

黄凤显

壮族是世居珠江流域的少数民族，现今人口 1700 多万，是我国人口最多的少数民族。壮族历史悠久，曾经创造了灿烂的文化，是中华民族文明的重要组成部分。这个在祖国南方世代生息繁衍的民族，与中华民族的其他成员一样，在千百年的历史进程中，创作了大量内容丰富、形式多样、特色鲜明的文学佳作。

提到壮族文学，首先让人想到的是其民间文学。壮族的神话传说、民间故事、山歌、壮剧、师公戏等，皆广为人知。

而壮族山歌尤为著名，三月三歌节、壮乡歌圩被誉为壮族山歌的荟萃和渊薮。不过，相对于民间文学，壮族的作家文学，人们对它的了解和关注还很不够。

作家文学的产生是与文字的产生联系在一起的。壮族在先秦时就已经有自己的文字。2006 年前后，在广西平果县发现的感桑石刻文，以及在壮族地区先后出土的石器、陶器、青铜器上的刻文、铭文等，就是壮族的早期文字。这些产生于先秦时期的壮族古文字，经秦王朝统一文字或秦火之后，汉代以降已再难延续。现今发现的感桑石刻文等，由于缺乏文献佐证，已较难破译。但是，感桑石刻文中有不少片段在 100 字左右，已比我们常见的甲骨卜辞字数多，其较大的石片刻有 200 多个字符，据称还有一片达到 2200 字，这都赶上甚至超过了西周青铜器铭文的字数（西周青铜器铭文中最长的一篇《毛公鼎铭文》近 500 字）。这么多的字数和这样的篇幅，无疑已是篇章成文。尽管它尚未被破译，且可能是用于祭祀或属于实用文书，但其连缀成篇，中无间断，亦不难想见其架构气魄和辞章文采。所以，感桑石刻这些作者和内容待考的文字，堪称现今发现的最早的壮族文人作品。

壮族创造的第二种文字是方块壮字，亦称古壮字，也叫土俗字，萌芽于汉代，产生于唐代，是由壮族一些受汉文化教育的文人（也包括巫师）借助汉字或汉字的偏旁部首创造的。古壮字直到现在仍在壮族民间使用。1989 年出版的《古壮字字典》收录了大约 4900 个字和大约 1 万个异体字。使用古壮字进行创作，滥觞于唐代俚僚人酋长、澄州（今广西上林县）大首领、廖州刺史韦敬办。由他撰写碑文的《六合坚固大宅颂》碑和《智城碑》，是岭南地区最早的唐碑，其骈赋体碑文富于文学色彩，其中《六合坚固大宅颂》则使用了古壮字创作。自唐代以后，古壮字多为民间麽公、民间戏人和山歌歌师所用，他们用古壮字书写的原始宗教经文、壮剧剧本和山歌唱本既有对口头传唱作品的记录，也有自己的书面创作。

在20世纪50年代拼音壮文出现以前，壮族作家、诗人主要是学习和使用汉文进行创作。目前，存世的这类壮族文人作品多为清代时所作，作者大多是中举、中进士者，其汉文水平足可与汉族文人比肩。这些文人在世时基本上都编有文集或诗稿，20世纪90年代以来，经广西少数民族古籍工作办公室组织力量进行整理，广西人民出版社、广西民族出版社、广西教育出版社等先后出版了多位作家的诗文集，如黎申产《菜根草堂吟稿》、蒙泉镜《亦嚣轩诗稿》、韦绣孟《茹芝山房吟草》、崔毓荃《薰生诗草》、郑献甫《郑献甫文集》、韦丰华《韦丰华集》、曾鸿燊《瓶山诗集》等，而其他壮族著名文人的集子，如张鹏展、冯敏昌、刘定逌等还有待于整理出版。这批诗文集可以说是第一批整理出版的古代壮族作家作品集。

近现代以来，运用汉文创作的壮族作家队伍越来越壮大，其题材内容越来越丰富，创作的体裁也越来越多样，涉及了众多的文学样式。新中国成立前，以曾平澜、陆地、华山等为代表的壮族作家就已蜚声文坛。新中国成立后，壮族作家更是群星璀璨。韦其麟、周民震、黄勇刹、蓝鸿恩、沙红、黄青、王云高、苏方学、韦一凡、凌渡、黄钲、潘荣才、孙步康、农冠品、苏长仙、陈雨帆、农耘等，都是人们所熟知的壮族作家。这些作家的作品都曾先后以单部作品或结集的形式出版，在海内外产生了重要的影响。

2013 年，在中国作家协会的精心策划、组织下，55 卷 60 册的《新时期中国少数民族文学作品选集》由作家出版社出版。这部卷帙浩繁的选集收有冯艺主编的《壮族卷》上、下册，收录了数十位壮族作家的作品，上册为中短篇小说集，下册为诗歌、散文集。上册文末附录长篇小说存目，下册卷后附录长诗、长篇报告文学存目。这是迄今为止编辑出版的唯一的多位作家、多种文体荟萃的壮族作家作品选集。

2018 年是改革开放 40 周年，恰逢广西壮族自治区成立 60 周年，今年又正值新中国成立 70 周年大庆，这是展示、回顾、总结和检阅壮族作家创作，尤其是新时期以来壮族文学成就的良好契机。广西民族出版社出于自身的出版定位和社会责任，组织力量、自主投入，编辑出版这套“我们丛书·壮族作家作品系列”。

这套丛书共 11 册，收录了 11 位壮族作家的小说、散文和诗歌作品。入选的这 11 位中青年作家，都是新时期在文坛上活跃的壮族文学创作翘楚。丛书为每位作家单独编辑了作品选集，小说类有凡一平《合唱团》、李约热《一团金子》、陶丽群《被热情毁掉的人》，散文类有冯艺《除了山水　还有什么》、牙韩彰《屈指家山》、石一宁《履痕心绪》、黄佩华《生在平用》、黄鹏《家园气象》，诗歌类有荣斌《尘土之河》、梁洪《一个饺子的距离》、三个 A《魔术师》。看这份名单和书单，不难发现两个特点：一是作家的选集属于“本色行当”，如以创作小说、散文、诗歌著称的作家仍选其小说、散文、诗歌作品，像小说作家凡一平、李约热、陶丽群选的是小说，散文作家冯艺、牙韩彰选的是散文，诗人荣斌、梁洪选的是诗歌。二是作家的选集似乎有所“跨界”，如在小说创作上实力雄厚的黄佩华，选的却是散文，著名文学评论家石一宁和诗人黄鹏，选的也是散文。这种看似“跨界”的努力，实则是跨越，代表了他们在文学创作领域的新开拓。如黄佩华，近年在潜心于小说写作、不断推出新作之余，陆续发表了一系列抒写壮族和壮乡的散文佳作，颇受读者喜爱；石一宁在对当代创作进行较全面系统的点评的同时，用散文笔调记下自己的履痕心绪和寄情哲思；平素写诗的黄鹏，其散文作品则灌注了浓郁的诗情画意。

丛书作品的选取，既考虑到作家的代表作，也充分考虑到作家的成长历程，让读者从中了解到作家创作渐入佳境及其风格形成的经过，尤其是认识和理解一个壮族作家是如何扎根于壮族文化沃土，参照壮语（母语）的表达方式，运用汉语进行文学创作的艰辛探索之路。因此，阅读这些作品，我们可以看出：凡一平小说那壮族式的机智、幽默及其传奇性是如何形成的，冯艺散文那种文化底蕴和人文关怀是如何集聚的，李约热小说的那种怪诞和黑色幽默是怎么炼成的，陶丽群是什么时候开始关注边陲小镇的小人物及其人性的扭曲与张扬的，荣斌的诗歌是如何贴近时代语境、抒写当代人真实灵魂的，牙韩彰是如何从惯常的写实手法转换为一种游刃有余的抒情的，三个 A 是怎么从一个年轻的壮族小伙子成为诗坛新锐的，等等，不一而足。还是回到编辑这套丛书的初衷，那就是对当下壮族文学创作和壮族作家的成长进行展示、回顾和检阅。

既如此，丛书所选的作品就并非全是作家们的新作、近作。有些作品需要置于其创作和发表时的时代语境下解读。正如凡一平在《合唱团》后记中说的：“这部集子其实是那个年代青年彷徨、思索和奋斗的记录。这些作品所体现的对社会的认识、对生活的体悟、对人生的思考，甚至文本和话语等，自然就带上了那个年代的印记。”这应该作为阅读这套丛书作品的一个基本思路。

在选编这套丛书的过程中，出版社编辑和作者进行了多方沟通和协商。对于入选作品，编辑只对明显的舛误订正，原则上不做另外的加工修改，以尽可能保留作品的原貌。不过，编辑壮族作家作品系列丛书，对广西民族出版社来说是一个新的尝试，疏漏或缺点在所难免。我们在衷心祝愿壮族作家不断取得更加丰硕的创作成果的同时，也诚恳希望作家和读者给我们多提出宝贵的意见，使我们的编辑出版工作得到改进和提高。

2019 年 10月

陶丽群·小说集

目　录

被热情毁掉的人……………… 1
冬至之鹅………………………… 21
毕斯先生的怜爱……………… 38
水果早餐………………………… 58
殇……………………………… 79
七月流火………………………… 98
少年追风………………………… 117
三次相遇………………………… 138

被热情毁掉的人

在富有异国情调的莫纳镇，豁唇是个鼎鼎有名的人物。他年纪不大，年方十四，比豆芽菜稍微强壮点（也就稍微那么一点）。两条细长的胳膊拢在宽大的袖子里，从肩膀垂到膝盖上，手指细长得能和筷子一比。他喜欢支使两条长胳膊做各种常人无法做到的扭曲动作。比如把两手在背后交叉，像常人背着手，他能让在背后交叉的两只手无限延长，绕过腰部，在肚脐眼前十指相扣。他带着这副经典动作在莫纳镇的街上轻松自如地行走，细长的双眼傲慢而机警地盯住来往于莫纳镇做边贸生意的外地重型卡车，那神情仿佛这些卡车是他家的。豁唇认得所有来往莫纳镇做生意的卡车，开车的司机们见了豁唇，总要诅咒他娘几句，然后给他一声喇叭。豁唇便郑重朝司机们点点头。偶尔来一辆车牌号码陌生的卡车，很好，按照豁唇的惯例，总得给这新来的赤佬点儿苦头吃吃。来到莫纳镇的货车，在等待从关口过来的越南田七、咖啡、拖鞋、炼奶、杉木等货物，从等待到装好车，往往得一两天。新来的司机无聊，对莫纳镇街上套拖鞋、穿花衣、戴斗笠，细眉细眼、皮肤黝黑的越南女人们正瞧得兴头时，豁唇逮个机会，把货车的油箱抽了个空，转手以废铜烂铁般低廉的价格卖给相识的司机。新来的司机骂骂咧咧，在莫纳镇上花大价钱买了一桶油。转身去撒泡尿的功夫，豁唇又干了一票。这些司机们走南闯北多了，也不傻，知道是遇上地头蛇了。和老司机们打听，司机们倒也大方告知，叫他去寻找一个上嘴唇裂开、手臂比猿猴长、貌似老头的小流氓，请他吃顿饭，什么都解决了。新司机正转头张望，豁唇从某一辆车屁股后不慌不忙地登场，两只手臂照旧绕腰部在肚脐眼前十指相扣。他不看那新司机，傲慢地从一旁走过，本来就细弱的腰被两只胳膊箍得要拧断一般。新司机以为地头蛇会是个膀大腰圆、面目凶狠的恶汉，没想到是个两腮凹陷，身上只挂张人皮的瘦猴子，正想发作，老司机连连咳嗽警示，新司机心里一乍，把怒火压下去，走上前搭住豁唇的胳膊："兄弟，久仰你大名，走，喝两杯去，认识认识！"

不过就是破了油泡猪大肠、花生米、半斤酱猪头皮和两瓶啤酒的费用，就万事大吉，早知如此，何必还要痛失两桶汽油。若以后还来往于莫纳镇，吃快餐时，正好他站边上，捎带请他一盒，你叫他给擦皮鞋他都乐意。这贼也就这点眼界和出息，倒没坏到脚板流脓、头顶生疮的地步，不过，话也说回来了，谁知道呢。

莫纳镇的居民不足三千户，大都以做边贸生意为生，民风还算淳朴，极少发生坑蒙外地人的龌龊事，因此一致认为豁唇是一粒老鼠屎，败坏了莫纳镇良好的声誉，对之既痛恨又无可奈何。但凡豁唇染指他们的财物被当场抓到，免不得挨一顿打。居民们绑住他的手脚，把他扔在家门口的水泥地上示众，折来嫩青青的竹条子，抽他不安分的手。镇子上那些毛孩子，但凡被青竹条子抽打过一次，肯定要做一阵子噩梦，见到竹子都得浑身一阵哆嗦。豁唇领教多了，一脸息事宁人般的隐忍表情躺在地上，细瘦的脖子伸得老长，针脚粗糙的衣摆卷起来，露出肋骨必现的肚子。来往拉货的司机路过，朝被抽打得直叫奶奶的小贼鸣一两声喇叭，幸灾乐祸般。也就这样一顿打，大家不敢下重手，这贼实在太细弱了，肋骨看起来随时都有被磕碰断的可能。而且他偷的也不是什么贵重物品，无非就是几包越南黑咖啡、越南椰子糖，几听甜腻得要死的越南炼奶，花里胡哨的越南拖鞋什么的。莫纳镇几乎家家户户朝大街敞开的宽敞厅堂都分成两边，一边堆满越南货物，一边堆满中国产的安尔乐卫生巾、田七牙膏以及花花绿绿的头花和发夹等。越南人喜欢这些东西，小三轮一车一车拉过关口。

豁唇整日游荡在街上，看看实在没新司机给自己寻点乐趣，满地摆摊的越南女人又太熟了，他也不太好意思太过于密集对那些叫他“小阿哥”的女人下手，于是便对街坊邻居下手，反正这些人没一个拿正眼瞧过他，不对他们下手对谁？

他偷东西多半时候是品性使然，好像从自家菜地里漫不经心摘一个西红柿吃一样，并不是他真需要这些东西。有时候来得太顺手，他会把这些东西扔进某个请他吃过两次以上盒饭的司机驾驶室里。当然，多半他会拿回家给他奶奶。他奶奶是个半仙，靠给一些不开化的女人掐算红白挣几块油盐钱。于是久不久，这位穿戴破烂的半仙就会把贼孙窃来的战利品拿到小商店以低价换回点钱——孙子若不幸被当场捉住挨了抽，垂着两只伤痕累累的手回来，老半仙一边问："东西呢？"一边忙不迭念咒烧纸，把纸灰化在秘制的神仙水里，猛吸一口，噗地朝孙子那两只造孽的手上喷，这算是治疗伤痕的神药了。不孕不育的女人来找她，她也使出这招，不同的是她朝人家肚皮上喷。

孙子耷拉着脑袋不回答，老半仙顾不上给孙子喷神仙水了，拿着几根点燃的香火和一把纸钱出门，脚底生风来到孙子偷窃的户主面前。

"没见过，给了钱不给东西！这是强盗，天理容，鬼神不容！"她跳着脚骂，开始在人家家门口点火烧香。于是户主便把豁唇偷窃的一包黑咖啡或椰子奶糖速速扔给她，赶紧轰她走人。"你打了人，这打等于付钱了，你得给东西。"这就是老半仙的道理。你若理论，好了，今天的生意别做了，老半仙从白天到黑夜就是那句话，"打人等于给钱，得给东西"，说了半天，就成了"给钱了，得给东西"，掐去头尾，路过的人还以为店家欺人。老半仙从来不去责怪她的孙子，这个中越混血的小魔头就这样无法无天地混在莫纳镇街上，长成一副人神共愤的德性。

豁唇的娘是个越南女人，生下豁唇时，豁唇的老子眼见好端端的儿子嘴却裂了条缝，在产床上直接把越南女人揍回国。豁唇三岁时，他老子据说是在一个早上搭一个湖南司机的车离开莫纳镇了。豁唇一直跟随半仙奶奶过日子，老半仙对这个嘴唇残裂的孙子疏于管教，但管吃管喝，倒也不算失职。莫纳镇上的人说，老半仙对豁唇的袒护，像是给这个手脚不安分的小魔王多装了一对爪子，将来必定要成为大祸害，要蹲大狱的。

豁唇对所有出没在莫纳镇上做边贸生意的越南女人倒挺客气的。“那是外婆家的人！”他常常这么说。越南女人极为俭朴，在烈日下摆了一天地摊，渴得嗓子冒烟也舍不得买瓶水喝。她们往往会寻找她们的“外甥”，从地上捡起路人扔掉的空矿泉水瓶，叫他进镇政府的厕所去接里边水龙头的水。这个贼接过瓶子，跑得飞快，一会便端了瓶水出来。

“你饿不？去我家喝粥，喏，往那条坡上走，路边有香火的就是我家。”他满嘴漏气地说。你若真信了，腼腆前往讨吃，必定有一顿扫帚等着把你赶出去。

豁唇在莫纳镇没有任何朋友，和他同龄的人正穿着整齐的校服和昂贵的阿迪达斯在学校里接受正规教育。他没上过一天学，所有的规矩和见识都来自于半仙奶奶和往来于莫纳镇做生意的那些司机大佬——他们当然不会有好东西教给他。早些年，莫纳镇还有幼儿园、小学、中学，这几年精简得只剩下一所小学，还只有一、二、三年级三个班，四年级以上得到相邻一个更大的镇子去读。日渐破落的学校立在镇子边上的一座矮坡上，坡上长着竹子和芭蕉，茂密的枝叶遮掩着小学校的败象。下点小雨时，雨打芭蕉戏竹子，这片坡地倒显得另有一番韵致。学校坐落在这里，也算是相得益彰。就是这样一所小学，还差点开不下去。今年春季那学期，唯一一个动不动就给学生放假的老师上到一半走掉了，好几十个孩子失学大半个学期，家长们气势汹汹地上访。到了秋季，教育局才派来一个“像喝西北风长大”的细长个子的张姓男老师来，人倒是相当年轻，就是有点儿提不起气，像是读书读傻了。家长们不敢怠慢，主动前去把落了一层厚灰尘的教室和老师宿舍打扫干净。那天豁唇也去瞧热闹了，他在越来越凉的秋风里袖着两只手，心里着实瞧不上那个脸色苍白的瘦老师。张老师对前来帮忙打扫卫生的家长们道谢，从包里掏出一袋炒花生招呼家长们吃。家长们大部分是妇女，面面相觑后，连忙回家，大袋小袋搬来居家用品，连洗衣粉和牙膏都拿来了。豁唇出于本性，很快就注意到张姓老师有一把像葫芦样的玩意儿很让他感兴趣。张老师把那玩意儿随手挂在墙上的一根钉子上，红色的穗子整整齐齐地垂着。

“葫芦丝！”他对豁唇说。

家长们警惕起来，他们可不希望好不容易盼来的老师再走掉，当场把豁唇轰出学校，并严厉警告他，这学校要是少了一根茅草，他们会一把火烧掉豁唇祖孙俩的破屋，并把他们赶出莫纳镇。对于这个警告，豁唇是有些忌讳的，为了孩子，家长们有时候比魔鬼还可怕。他从来不敢欺负镇上那些娃娃，那是马蜂窝，惹不得。

小山坡上又传来琅琅书声，秋高气爽伴书声，还有什么比这更动人的，莫纳镇的居民们安心了。张老师一人兼任三个年级的课程，不过他只上三门课：语文、数学、音乐。语文和数学没什么可说的，音乐课很特别，三个班级四十来个孩子被他领到竹丛下，坐在阴凉处，咿咿呀呀学些南腔北调。孩子们的细嫩嗓子不是在唱歌，是在喊歌。开头总要喊上那么一时半刻，把栖息在树上的鸟们惊吓得差不多了，老师的神器便登场了。没错，是那把吊着红穗子的葫芦丝。悠扬的葫芦丝声顷刻洒满小坡，乐曲婉转流向镇子。镇子上的居民在繁忙和嘈杂间，忽闻这隐约的乐曲声，怔了一下，侧耳细听，辨别声音来处，然后不约而同朝小山坡引颈。吹的是什么，孩子们未必知道，但年轻时赶过时髦的家长们知道，都是些老歌曲，《小路》《花儿与少年》《小芳》《外婆家的澎湖湾》，居然还有《莫斯科郊外的晚上》。这些歌曲哪一首没打动过家长们年轻时激情澎湃的心？他们没觉得这些歌曲于孩子们有什么不妥。前边那些老师，上得最多的便是体育课，动不动就把孩子们当羊放，赶到教室外了事。孩子们在竹丛和芭蕉间乱钻一气，常常带着被划破的衣裳和伤痕回家，家长们敢怒不敢言。

豁唇早把挂在墙上那玩意儿忘掉了，他这样的人，是不会对什么真正上心的。忽然听到那声音，他也不傻，立刻猜是那只“葫芦丝”吹出的。他沿着声音，掩在芭蕉后面听了半节课，胃口便败了。

“小屁眼，滴滴叫！”他这样形容那只玩意儿弄出来的声音。

张老师不止在音乐课上吹葫芦丝，秋月爬上柳梢时，繁忙了一天的莫纳镇渐渐安静下来，张老师便呜呜咽咽吹起葫芦丝。秋月淡淡，竹影婀娜，芭蕉婆娑，小镇静谧，从越南流过来的莫纳河在白色的月光下闪闪发光，配上婉转缠绵的葫芦丝声，莫纳镇的夜晚变得柔软起来，打动了女人们多愁善感的心。

早先刚刚流行卡拉OK时，莫纳镇靠近关口的中越交易区那一带也开过几家，还雇了几个身材修长会讲半拉子普通话的越南妹子当服务员，指望能从那些孤身走南闯北做边贸生意的老板鼓胀的钱包里多掏点儿票子。那段时间，莫纳镇每天晚上歌声嘹绕，中国歌曲配上越南妹子软嫩的嗓子，贸易区简直成了红灯区，影影绰绰的灯光下，人手变成了咸猪手。不久之后，莫纳镇街上夫妻打架的事多了起来，吵得家里的小生意快做不下去了。镇子上的女人们忍无可忍，隔三岔五上门砸店，卡拉OK厅最终相继关门倒闭，镇上又恢复以往略显沉闷、井井有条的生活秩序。

张老师闲时不仅吹葫芦丝，很快人们知道他还喜欢游泳。他会在晴好的午后（当然，有时候也是傍晚，不过，莫纳镇秋天的傍晚河水开始凉了）下河去游泳。莫纳河面上悬着颗脑袋，缓缓浮动着，平静的江面划出一道道波纹。下课后，张老师从坡上缓缓而下，到坡脚下的镇子上买米、买菜。他的头发见长了，在脑后扎成一根小辫子，比脸还宽的大方额头就暴露出来了。异于常人的宽额头和小辫子顿时把张老师和莫纳镇上的人拉开距离，镇子上的男人们谁若是扎这么一只小辫子，祖宗八代都得遭人耻笑。落到张老师身上，和他的瘦，他的长个子，他的宽额头，他腼腆的笑，他月光下的葫芦丝，一起变成一道魅人的光芒。他谦卑地向家长们道歉，并非不顾师表，是镇上的理发师拒绝为他理发。莫纳镇的理发师“一向理的都是乡下人的锅盖头”，实在不敢在老师头上动剪刀，而他又没什么机会上相距七十多公里的县城，只好暂且蓄发。家长们善意默许了，觉得这根小辫子让他们镇子的老师更具有知识分子风范。

远远地看见张老师走来，在家门口卖货的主妇们便暗暗挺直了略显粗壮的腰板，快速往挂在门背后的镜子偷看两眼，把额前的乱发撩开，露出弯弯秀眉，脸上的笑也变软了。她们报出自家孩子的名字，以这名义大胆上前，拉住张老师的胳膊往自己摊子上走，定要他拿点新发的豆芽、新磨的豆腐，或者刚煮好的豆瓣酱。这样，我们多才多艺、身上自带神秘文艺范儿的张老师每次下坡来买菜，总要引起主妇们一阵窃喜。张老师一路走过去，主妇们一路从自己的摊子里随手拿点东西给他。东西不多不少，给得很有分寸。几根瓜苗，够做一碗瓜苗汤；两个鸡蛋，刚好做一碗蛋炒饭；两块水豆腐，淋上几滴香油拌上切碎的香菜，就是一碟最适合秋天吃的凉拌菜了。都不是什么受不得的贵重东西，给的人不唐突，收的人不尴尬，两相情愿，氛围友善动人。

很快，莫纳镇人便知道，张老师除了鱼，其他肉类都不吃。这多少有点让主妇们失望，这个镇子守着一条妖娆的跨国河流，但没有一个以打鱼为生的人，甚至连鱼都很少有人吃。这里几十年前发生过一场战争，把河水染红，从那时起，莫纳镇人在河里洗澡洗衣，挑水淋菜，却从没打过河里的鱼来吃，对鱼似乎有种禁忌。

……

豁唇不远不近尾随张老师，舌头像蛇信子不断伸缩舔上唇那条裂缝，整个人怒火中烧而又一副可怜巴巴的样子。对于眼前的境况，在莫纳镇生活了十四年的豁唇是陌生的。他幸运地“巧取”过不少不属于他的东西，当然他的双手也被强韧的竹条子抽打过无数次。不管他有意还是无意走过那些摊子，泼辣的主妇们总是把明显的嫌弃和厌恶摆在脸上。这个镇子从来没给过他哪怕如蜘蛛丝般细小的善意，从来没有哪一双手朝他伸过来时是柔软的。他生下来就是个下流坯子，是这个镇子的害群之马。他的整个童年、少年的生活始终是晦涩和不幸的。他对整个镇子充满对抗情绪，镇子上的人、镇子上的房子、镇子上的街道、镇子上的树木花草，在他眼里都没安什么好心，对他没有半点诚意。瞧啊，瞧这些不害臊的女人可恨的笑脸，他土生土长的莫纳镇人还不如这个扎混账辫子吹小屁眼儿的陌生人更受欢迎。

一种深沉的、不露声色的怨恨火苗在豁唇心底蹿起来。好吧，他想，任何来到莫纳镇的生人都不可避免要和他“见见面”，无论如何，这个“规矩”不能坏。他选了一个极为合适的机会溜上那片坡。

有一段时间，就是上一个老师中途溜掉后，这些笨头笨脑的娃娃们没课上的那段时间，豁唇几乎天天来坡上这几间空荡荡的教室流窜。旧中学他是不去的，旧中学是一栋三层的、抹了白灰的水泥楼房，在中越口岸的左侧，几乎坐落在边境线上了，一共六间教室。中学撤掉后，口岸管理处那个死胖子处长（他只要一逮住豁唇，就会伸出两根肉乎乎的手指给豁唇来几个脑瓜崩。妈呀，那两根手指简直像铁做的，往脑袋上这么一弹，你可以清楚听到他的指头关节和你的头骨相互猛然碰撞后发出的铿锵声，那种疼，像猛地被一块火炭烙上了，使人忍不住要惊跳起来。豁唇觉得那两根手指简直比青竹条子还可怕）曾经想征用这栋教学楼当办公楼，但上头一直不同意。胖处长有事没事总喜欢站在旧中学大门口瞻望宽敞的教学楼空悲叹，那种万般的惆怅，常常需要通过发泄点什么才行，豁唇可不希望被他逮住。

坡上人去屋空，豁唇把教室老掉牙的锁头弄掉，老师的宿舍门也被他卸下来了。他挨个在那些课桌椅上撒尿，在黑板上画下流图案。把老师遗留在宿舍里的木板床卸了，木板搬到竹丛下一把火烧掉，在老师做饭的火灶里拉了一泡屎。他还差点把窗框上的铁条子弄下来卖掉，他其实已经卸了三根了，被一个家长逮住，吃了几个窝心脚，并告诫他这些窗户条子要是再少一根，他会帮豁唇在下嘴唇也弄出一条漂亮的缝子，他将会成为世界上第一个有四片漂亮嘴唇的人。豁唇只好快快撤下坡。

这是一个傍晚，秋天的晚霞开始渐渐失去夏日时的浓烈，变得淡而悠远。孩子们放学后，豁唇架在一丛竹子上等着。他看见学校后不远处的莫纳河上，夕阳像鱼鳞一样闪烁，等这片“鱼鳞”的亮光再稍微弱点儿，“小辫子”（这是他给张老师起的号子）就该从他的眼皮底下走过，到镇上去买晚饭的菜了。街上那帮热情得昏了头的女人多半还会纠缠“小辫子”那么一会，坡上的学校便有大概一个小时左右的时间连个鬼都没有。豁唇并不需要太多的时间，十多分钟就足够他干点让“小辫子”吃惊的事情了。这是豁唇轻易便观察出来的一个有利于他的时间段。他绕过三间教室背后，从窗户望进去，墙壁重新粉刷的教室透出一种豁然的白，把豁唇吓了一跳。摸到"小辫子"的宿舍后窗，透过拉开的窗帘往里探望——家长们真不赖，居然给窗户上了一层铁丝网，豁唇几根细长的手指戳着那些网眼，像只蜘蛛附在窗户上往里探望。他一眼就望见了墙壁上挂的那只"小屁眼"，高兴得简直要跳起来。不过，似乎有什么声音，类似人的脚踩在杂草上的声音使他吓了一跳。他紧张地侧耳一听，又什么都听不到了。他在心里诅咒了一声，离开窗户，小心翼翼绕过和宿舍接连在一起的伙房。伙房没关门，一扇简单的木板门豁然大开。他快速往伙房里扫了一眼，一目了然，没什么引起他的兴趣：一头掰开了几瓣的蒜头滚在火灶边上，饭桌上有半瓶清油和酱油散放着，一点儿吃的都没有……

越过伙房门，他很轻易就到了宿舍房门前，差点没大笑起来：哈，姓张的以为莫纳镇是个什么地方？遍地好人？还是他天生就和他的小辫子一样愚蠢？他居然连宿舍门也不锁，一把锁挂在门耳上，锁扣开着，这模样就是防老鼠和猫狗，可不是防人的。豁唇快速扫了周围一眼，竹子和芭蕉都很安静，夕阳很白亮，朝坡下延伸的小路透过芭蕉叶看得一清二楚，没有什么人。豁唇拧开锁头，推门进去，一股莫纳镇人用来熏蚊子的艾草味扑面而来。呵，他连艾草熏蚊子都知道，肯定又是哪个热心过了头的女人给的。豁唇心里的火苗又一阵一阵蹿起来。他朝挂了蚊帐的床里看一眼，一条淡紫色的薄毛巾毯子散在床上，枕头也端端正正摆着。这时候床上若躺了个人，非把他吓得半死不可。豁唇这么想着，浑身打了一个激灵，鸡皮疙瘩哗地起一身。他赶紧晃晃脑袋，把吓人的想象晃掉，又朝门外扫了一眼，四周安安静静的。他踮起脚，很轻易就把那玩意儿从墙上摘下来。他的手一碰到葫芦丝的肚子，就晓得这东西是个硬货。他以为会像鸡蛋壳那样，两个手指头就可以废了这玩意儿。他在手里翻来覆去看了一会儿，又吹了吹，很快他就泄气了。他的气总是从上嘴唇那条缝里跑出来，根本没法好好集中一口气。活该你短命！他气哼哼地想，目光落在垫桌脚的一块砖头上。他弯下腰，瘦小的后背顶住桌肚，轻易就把那块砖头抽出来。他最后瞧了一眼那倒霉的葫芦丝，拾起砖头朝葫芦丝的肚子砸下去，圆鼓鼓的肚子"咔擦"一声脆响，破成两半。好的，解决了！解恨的快意从豁唇的心底冒出来，他用指头戳戳那些碎片，想了一会儿，重新把碎了的葫芦丝挂在墙壁上。他简直要为自己的想法兴奋疯了。想一想，那个蠢物看到这样的葫芦丝……他真希望能亲眼看到这一幕。豁唇把垫桌脚的砖头重新弄回去，在他弯下腰时，居然看见一张红色的"鬼画符"贴在那张桌子下。他愣了一下，这东西别个孩子或许不懂，但他懂。他的半仙奶奶就是用这些换回一些诸如几斤大米，两斤白糖，一只还没打鸣的公鸡，一张张十块、二十块的纸币之类的回报把他养大的。豁唇瞧不起这些"鬼画符"，这个能够消灾挡祸，带来福祉，改变命运，开什么玩笑？老巫婆干吗不给他画张符，贴在他破碎的唇上，让他有一张正常的嘴巴？瞧吧，如今这张"鬼画符"又能干什么，葫芦丝不是照样在砖头下破碎了？他恨这些东西，连带着从心底瞧不起老半仙。也许就是她整天装神弄鬼，把真正的鬼招来，害得他有三片嘴唇，这谁能说得准。他想撕掉那张“鬼画符”，但贴得太结实了，只好作罢。

他很快溜出了屋子。

一连好几天，豁唇和镇子上的人没听到葫芦丝声，莫纳镇的夜晚，便只有一抹清凉的夜色笼罩，有点儿孤寂。张老师依旧下来买菜，有一天傍晚，他居然买到了一个外乡人卖的三条巴掌大的罗非鱼，这让他非常高兴。主妇们也为他高兴，仿佛镇子上发生了一件大喜事。天地良心，除了鸡蛋，张老师来到这镇子上还没见买过任何荤菜，怎么能不叫人暗地里心疼。主妇们很犯愁，感觉整个镇子都欠了张老师似的。豁唇故意从与他相对的前方走来，张老师飞快地看了他一眼，脸上是买到好饭菜的惬意，好像什么也没发生过似的。

哼，只不过是个吃货罢了！豁唇懒洋洋地想，觉得这镇子越来越乏味了，他指望能发生一件让莫纳镇人吃惊的事情，而这件事情多少和他有点关系。

正当豁唇又开始沉浸在以往沉闷乏味的小镇生活里时，那葫芦丝声又缭绕镇子的夜晚了。除了豁唇，没人知道那个破碎的葫芦丝的事情，也许小镇的人认为张老师害嗓子病或其他什么影响到吹葫芦丝的病痛，歇了几天。总之这没什么大不了。豁唇不认为“小辫子”把葫芦丝缝补好了——碎成那样，比他的上唇还裂得厉害，哪里还能吹。唯一的可能是“小辫子”又上县城去买了一只。可他为什么没把长发剪掉，还像个小流氓留着他的小辫子？这一点豁唇实在想不明白。这葫芦丝声又撩拨起豁唇破坏一件什么东西时给他带来的兴奋感。好的，我们走着瞧！他想。

可是这一次，豁唇给结结实实堵了个正着。他明明看见“小辫子”下坡买菜去了，他甚至连走的路线也和上次一样，那个蠢货也如上次虚锁着门，他简直不费任何劲儿就进了房间。他还是一眼就瞧见挂在墙上的葫芦丝——连挂的位置都没变，当然是一只新的，他瞧见被他砸碎的那只被插在一只透明的玻璃瓶里，穗子被拿掉了。为什么要拿掉穗子？豁唇想了一会儿，觉得那纯粹就是操闲心，拿不拿掉穗子与他什么相关。他还是按照老方式踮起脚尖拿下那只葫芦丝，用背部顶住桌子，抽出那块垫桌脚的砖头，正当他拿砖头准备砸向那只无辜的葫芦丝时，门口一暗，一条黑影立在门中间。他大吃一惊，手里紧张地把着砖头，葫芦丝还踩在他的脚下。他看见“小辫子”从天而降般把住了门口。

“这是第二次了！不要和我狡辩！”“小辫子”非常肯定地说，他背着光，豁唇看到他暗黝黝的正面，不过脸上的表情豁唇还是看清楚了，说不上是生气还是不生气，看起来像冬天的莫纳河面那么平静，还带着点兴趣似地盯住他。他突然想起上次听到类似脚踩在干草上的声音，难道第一次就被盯上了？可他为什么不阻止，非得让他砸碎了葫芦丝？而后这么多天还一声不吭？这些都不是豁唇能想明白的。

“别想跑！”“小辫子”见他一声不吭，警告他。

“我没想跑。”他说，依然紧紧抓着那块砖头。他说的是实话，能跑到哪儿去呢？过不了半个小时，整个莫纳镇街上的人就会知道他恶劣地砸碎了“小辫子”的葫芦丝，并且还想再犯。他知道等待他的将会是什么，他已经看见街上女人们怒不可遏的面孔，以及拿着绳索和竹条子等待他的男人们。或许这次会比以往打得更狠，毕竟他下手的可是镇子上视同贵客的张老师。除非他成功夺门而出，并且马上消失在莫纳镇。可是他要怎么才能离开这个可恨的镇子？离开了又能去哪？他脑袋飞快转着，舌头不住舔着上嘴唇那条裂缝。他思来想去，结果转到死胡同里。他既不可能离开莫纳镇，也无法想到什么更好的办法来脱离眼前的局面。

“不跑就好。你知道吗？你看起来比一个十岁的孩子还瘦小，你肯定跑不过我的。你几岁来着？他们说你十四岁，但一点儿都不像。假如你真十四岁了，再过四年，你就该为你的行为进监狱了。那地方肯定不会比莫纳镇好。”“小辫子”走进来，拉开办公桌下的靠背椅坐下来，“你不觉得重吗？抱着块砖头。”他慢条斯理地说，仿佛要和豁唇来一场长谈似的。

豁唇把那块砖头扔到地上，顺便把脚从葫芦丝上挪开，但他并没把它捡来。

“请你把它捡起来，谢谢。我听说过你。”“小辫子”说，“家长们建议我在门槛下放几只捕鼠夹，你不安分的脚只要一踏进来，就咔的一声把你的脚踝夹断，起码能让你在床上安安分分躺几个月。你瞧，家长们送来的捕鼠夹。”“小辫子”朝宿舍一个角落偏偏头。豁唇看见那角落里确实有两个崭新的捕鼠夹，他不禁打了个寒战，觉得莫纳镇的人真是坏透顶了。他想不出那玩意儿夹到脚踝上会是什么滋味，总之，那些尖利的铁齿一定会深深插进他的肉和骨头里。

“可是我并没那么做，我觉得你不至于这么无可救药。”“小辫子”说。

豁唇觉得有些难挨，他宁愿像往常挨一顿打，他习惯那一套，但他看不出“小辫子”有打他的迹象。

“告诉我为什么这么做？你拿走也行啊，你扔进河里也行啊，可你为什么非得砸碎它？为什么？”“小辫子”拿起葫芦丝，在手里翻来覆去地看，那些穗子，似乎比上一只的鲜红得多。

“不为什么。”豁唇干巴巴地说。假如非得说出来，这一切全是镇子上那些过于热情的人惹的祸，他能相信吗？

“小辫子”盯住他，手指头弹了弹葫芦丝圆鼓鼓的肚子。

“你毁了我的东西，却说不出为什么，你觉得这说得过去吗？”他说。

“要打就打，随你！”豁唇把结果挑明后，他感觉轻松多了。

“你常常挨镇上的人打吗？可我不是你们镇上的人，我不打人。”“小辫子”说。

“那你想怎么样？”豁唇有点不安起来，他马上接着说，“我没有钱！”这倒是实话，豁唇从来不偷钱，钱无非是拿来买东西，他更喜欢直接偷东西。

“我也不要你赔。这样吧，每天放学后，你负责打扫三个教室的卫生，一个月。”“小辫子”晃起一根手指头，“一天都不能少！少一天我就把你交给镇上的人。”

豁唇吃了一惊：罚扫教室？这通常是老师惩罚学生的伎俩，是老师和孩子们之间的游戏，可豁唇是孩子吗？这个镇子没人把豁唇当成孩子，他在他们眼里就是个小流氓、下流坯子、三只手，总之不是个孩子。只有老半仙为他治疗那双不安分的手上的伤痕时，才会嘟哝着诅咒莫纳镇的人，他们不应该这样惩罚一个没有爹妈的孩子。豁唇讨厌老半仙嘴里的孩子，她嘴里的孩子没有任何意义，只会遭到镇上人耻笑。

“扫地？为、为什么？”豁唇结结巴巴地问。

“为什么？我一向这么惩罚不听话和做错事情的孩子，你觉得你和他们不一样？不需要扫地？”“小辫子”盯住他。豁唇的脑袋轰地一响，仿佛里面有什么东西在坍塌。

“一样！”他紧巴巴地憋出一句，感觉身上的血液慢慢涌向脸和头部，他希望“小辫子”不至于看出他极力掩饰的紧张和兴奋。

这件事情很快在镇上传开了。每天放学后，孩子们不肯回家，攀在窗户上看豁唇打扫教室，轰都轰不走。镇上的人看见豁唇，毫无征兆突然哄然大笑，终于有人可以“拿住”这个小流氓了。打扫教室！哈，所有人都觉得这是一件荒唐可笑的事情，没有任何人肯往稍微好一点的方向想，也不想知道为什么张老师要罚他。可是这有什么可笑呢？豁唇贴着路边垂头丧气地走，一种叫人恼怒的难堪像空气一样包裹他。以往他觉得莫纳镇很大，他在镇子上晃了十几年，顺手拿点什么东西，再随便猫到哪个角落去享用他的“战利品”，打个盹，挨挨打，一天就过去了。如今他觉得莫纳镇不仅可恨而且小得容不下他，连那帮外地司机也敢公然嘲笑他，说他是三只手的“活雷锋”。雷锋他懂，三只手的“活雷锋”他也懂。他舔着上嘴唇那条裂缝，愤怒得竟找不出话来怼他们。他觉得他做了一件长这么大以来最愚蠢的事情，更令他恼怒的是，镇上的人们对“小辫子”更另眼相看了，无药可救的小偷都被他治得服服帖帖，自家的孩子完全可以放心托付给他。他在镇上走着，主妇们热烈的目光追随着他，对豁唇的嘲笑愈发肆无忌惮，仿佛她们没尝到过豁唇给她们吃的苦头。

豁唇怒火中烧，这个莫纳镇的外来人享受到太多的热情和尊敬，这不应该。更不应该的是这个外来人还狠狠地戏弄了他一把，让他成为全镇子的笑料。得给“小辫子”苦头吃，大苦头，才能化解豁唇心中的愤恨。

“我知道个地方有很多罗非鱼。我们镇子的人不吃鱼，可惜了。你会游泳，你干吗不去弄来吃？我可以给你带路，就在莫纳河边上。”豁唇打扫完教室，在一个霞光满天的傍晚对“小辫子”说。他倚靠在门框上，脸上尽可能流露出诚恳的神情。没有人能怀疑一个十四岁的孩子能坏到什么地步。

“小辫子”在等他打扫完教室，然后下坡去买菜。他盯住豁唇。

“我没骗你，我从来不骗人，这你知道，我答应打扫教室，我就打扫了，没缺过一天。”豁唇强调。

“那倒是。”“小辫了”点点头，他对镇子上关于豁唇的嘲笑一无所知，“我不太喜欢吃罗非鱼，但总比天天吃鸡蛋好，假如你没骗我的话。”

“我哪儿能骗老师呢！我们这就走吧，带上你的洗衣桶，保管你能装满一桶！”豁唇露出一副迫不及待的神情。

“你们镇子的人为什么不吃鱼？”他们出发了，沿着学校后面那条通往河边的小路走下去，豁唇在前面走着，双耳警惕地倾听身后的脚步声。那只提桶随着脚步的晃动发出咯吱咯吱的响声。张老师望着豁唇的后脑勺，抛出了他的疑问。

“这我真不知道！不过我奶奶说，鱼要比猪肉好吃得多，是这样吧？”豁唇说，但他的心思完全不在关于鱼的事情上，夕阳从高大茂密的芭蕉树和竹丛漏下来，把他们的身影割得斑驳。豁唇一想到……他感觉一阵阴冷从后背爬上来。

“你奶奶没说错，你们镇的人没口福。还有多远？”

“快了！”他们沿着河边走了一段不算短的路，来到一个四周长满芭蕉的凹塘。莫纳镇人管这样的地方叫凹塘，其实是和莫纳河连在一起的一个凹处，比正常的河堤凹进去十来米，像被大水冲出来的一个豁口。凹塘里的水看起来比河面还要平静，比河里的水也青绿些，你看不出是河里的水流进凹塘，还是凹塘的水往河里流。

豁唇隐隐盼望着现在就发生点什么，他有些犹豫了。

“就这里！”豁唇站在边上，咽下一口唾沫。

“豁唇，你怎么跑这里来了？”豁唇的奶奶从远处走来，“这凹塘危险！”

“哦，哦就回去了……老师，这塘没鱼。我记错了。”

张老师仔细瞧了一眼凹塘里的水：“我就说嘛，这里有鱼？这水这么清，肯定没有。”

豁唇盯住水面平静的凹塘，使劲咽下一口唾沫，悄悄舒了一口气。

冬至之鹅

到达莫纳镇时，时间尚早，还不到十点半。今天是冬至，天很阴冷，飘着一阵阵淋上两分钟就足以把你厚实外套打湿的冷雨。假如心情不好再碰上这种阴郁天气，真想找个茬和人干一架。很不幸，目前我就处于这种令人不安的状态中。我一个月只有两天休息时间，今天不是休息日，我是请假出来的，开着老板足以当破烂卖掉好几回的破皮卡车。一路冷雨相伴，谢天谢地，我以一个汽车维修工的耳朵听着发动机粗暴硬朗的轰鸣声，假如不是故意把它开进阴沟和燃油耗尽，再把我顺利载回城里应该没问题。一路来我气坏了，其实从昨天开始，我就窝了一肚子气。我在出租屋里煎熬了一整夜，觉得带这个状态去上班，很对不起通情达理的老板，弄不好会给他惹出什么麻烦事。他是个素食胖子，人好得令人无话可说，不然他也不会把皮卡车给我当交通工具。我租住的地方离他的修理厂相当远，属于城乡接合部，农村房子，便宜，睡房和厕所分得很开，半夜起个茅房冻得瞌睡全跑了。当然，车油费得我自己付，这也很不错了。

有时候我觉得吧，一些跟你无亲无故的人，甚至要比身上跟你流着同一种鲜红血液的至亲对你好得多。我一大早来莫纳镇，就是为了寻找一点这样的“好”，虽然这“好”已无迹可寻。四年前我谈过一次恋爱，那个有张圆乎乎脸蛋的好心姑娘就是这个镇子上的人，我和她来过两次，当然，都是悄悄来的。我没登门拜访过她的双亲，我们虽然住在一起，但我的经济状况没那么理想，我想等好点了再去。况且她还年轻，再等个一两年也不碍事的。当然，我年纪可不算小了，可人穷志短，没办法。那姑娘陪伴我三个冬天，给我织了一件深蓝色背心毛衣和两双棉线袜子，这两样东西对付多雨阴冷的南方冬天再好不过了。然后我就再也没有机会来这个镇子了，她连续三个冬至碰到前来跟我要钱的老娘。老娘要得也不算多，三千块，我一个月零六天的工资。自从我爸去世后，她就这样理直气壮跟我要钱了，理由是：你弟弟不好过，你当哥的要多担待。我爸过世时我不到二十岁，之后我就离家出来自己找饭吃了，她在乡下和我那个右腿稍微有点儿残疾的弟弟过。跟着我的那姑娘瞧出了我这个家庭将会是个不小的麻烦，选择离开了。我从没责怪过她，真的，她是个好姑娘，直到现在，一想起她我胸口就充满毛茸茸的暖意。

我老娘是昨天来的。我离开那个家到城里打工差不多七年来，每年冬至她准会像个债主般出现，她的记性真好。不，她不像债主，她可怜巴巴盯着我，神情充满乞求，她卑微得像是在等待我的施舍。我最恼怒看到她这副神情了，她为了她的小儿子把自己弄得如此卑微，仿佛我是个欺负他们的恶人，可我不也是她儿子吗？从昨天她来到现在，我一直没提钱的事。今天她一大早就起来了，看着我在屋子里洗漱穿衣，以为我会像往常一样掏钱。但我没有，穿好衣服后我启动破皮卡车离开了。

一路上我都在考虑，要不要换个远一点的城市打工，彻底离开那个于我而言没有任何暖意的家。反正，我早就觉得我在这世上孤独一人了，到哪儿都了无牵挂。一路想着，愤怒和委屈使我忍不住流了两次泪。

我开着破皮卡穿过街道直接到镇子东头的国际餐馆。挨着餐馆的右边不远处是一个国家二级口岸，口岸过去是几乎坐落在中越边境线上的莫纳镇中学。中学早就不开课了，如今成为爱国教育基地，墙壁上有一场战争留下的炮弹划痕。我以前陪那好心姑娘坐班车回来时，总是在这家国际餐馆等她。傍晚时分，镇子往县城的最后一班车开走之前，我的圆脸蛋姑娘就会带着盈盈笑意朝等待在餐馆里的我走来。那时，我简直觉得整个世界都在我的手心里。她并不是镇子上的人，她的家在镇子边上一个村庄里。自从我们分手后，我再也没来过这个镇子了。此番前来，我当然不能企图圆脸姑娘会带着熟悉的笑脸突然出现在我的眼前，我们分手后，我再也没见过她，如今也不知道她安身何处。这个有她气息的镇子，是我唯一能真实感受她的地方。我至今仍深陷在她给我的美好回忆里无法自拔，真痛苦。

估计是下雨的原因，往时热闹繁忙的街上相当冷清。哦，冬至也算个节日，人们都待在家里过节了。

还是那个热情的漂亮女人当店老板。我把破皮卡开到餐馆的窗边，她迎了出来，撑着一把大红色雨伞迎接我。她总是亲自出门迎接客人。

“喔，有几年没见你喽！”这个据说总是和风月情事纠缠不清的女老板亲切招呼我，双眼笑成两弯新月。她的睫毛特别长，丰满的唇上抹一层油亮口红。天晓得我身上有什么显著特征能让她记住，或许只是个笼络人心的招呼也说不定，生意人嘛。

“冷死了，呵。”我说完，缩着脖子从车里跳到她的雨伞下，立刻闻到她带着热乎乎体温的发香。

“冬至了，能不冷吗？屋里去，热菜暖酒，立马让你暖起来。”她说。几步路就到餐馆门口，我跺了跺脚，把雨水跺掉，进去了，一股暖乎乎的热气迎面扑来，夹杂饭菜和煤球燃烧的气味，我禁不住浑身哆嗦了一下，人仿佛一下子泡进温热的水里，舒服极了。

没什么客人，估计是天气和节日的原因。餐馆最里面的一张桌子坐着两个面色黧黑的男人，各自桌面上竖一瓶开了盖的啤酒，连酒杯都省了，炸花生米和炒猪肚是他们的下酒菜。没别的客人了。餐馆都是我们这边的人，越南人有时候也会来吃饭。那两个黑脸客人一起望过来看我这个神情落魄的雨天来客，其中一个举起酒瓶朝我晃了一下，算打招呼。

我朝他们打了一个响指回应，选一张靠窗户的桌子坐下来。

凳子还没坐热，我便从窗口看到五六个人从街上朝饭馆跑过来，一下子就到了门口。

“点菜。”老板朝我放下油腻腻的菜单，转身招呼其他客人去了。那几个家伙估计是熟客，和光彩照人的女老板开些荤荤素素的笑话，在靠近先来的那两家伙坐下后，各自骂了老天的娘一通，诅咒这个妨碍他们挣钱的鬼天气。冷清的餐馆给这几个人搅和得热闹不少。我大致知道他们是做药材生意的，越南的田七和天麻每天从口岸进入中国，当然，还有他们著名的黑咖啡、椰子糖、拖鞋等等。而他们喜欢我们的安尔乐卫生巾和中华牙膏，很多人需要用这两样东西。假如不是这倒霉天气，你会四处看到戴尖顶斗笠和拖鞋的越南女人，操着比你还流利的普通话或本地土话销售她们巨大的、据说是野猪肉做的火腿肠，以及咖啡。

我点了油炸花生和卤猪蹄，外加两瓶啤酒。我抬头再往窗外看时，呵，一对很有趣的爷孙正朝餐馆走来。我断定他们是爷孙，因为他们脑袋上顶着巨大的斗笠，没穿雨衣，那老头子该有七十或者更老，个子很高。他怀里抱一只身体被塑料布包得严严实实的大鹅，大概防备鹅在怀里拉粪吧。鹅修长的脖子弯成美丽的弧度，神气活现的。老头腾出来的一只手牵一个五六岁的男孩子，老头实在太高，孩子又矮，那孩子拖着他的手走得很吃力，差不多只是脚尖在点地走，一蹦一蹦的，仿佛挂在老头腰间的一件物件。爷孙俩都穿得黑咕隆咚的，相当厚实。很快，他们就到了餐馆门口。好多人扭头看着爷孙俩，居然不少人认识他们。

“嚯，高老头，鹅卖吗？兄弟们正缺下酒菜呢，这口味可好久没见了。”跟着我后脚进来的那几个药材小老板叫起来，看样子他们今天是以喝酒为主了。

“小猴子，过来给叔点根烟。”孩子被这样打招呼，那孩子紧紧依偎老头的腿，不搭理无聊招呼他的人。这会儿老头已经放开孙子的手了，全心全意抱着鹅，顶着大斗笠的脑袋伸进门里张望，老脸上的皱纹里夹杂慈祥和一点谨慎的表情。他看见妖艳的女老板，立刻笑了，拽着孩子进门。

“是高老爹来了，快进来。哟，这鹅大得，养得真好。”老板看见老头怀里的鹅，立刻眉开眼笑朝门口走去。鹅好像意识到某种危险，长脖子弹簧一样扬起来，朝老板嘎的一声叫起来，老板立刻往后缩回身子。

“那是，放养呢，孩子看了两年，吃青草和菜叶，只喂一点儿玉米。”高老头高兴地说，顺带拽一下孩子的手。孩子跳起来，碰了一下老头怀里的鹅，脑袋上的斗笠立刻歪了，他两扒三扒，把斗笠扒下来扔到地上。老头也不责怪他，蹲下来捡起湿淋淋的斗笠，把它靠在一张桌子腿上，顺带把自己的也摘了。这巨大斗笠真管用，爷孙俩浑身上下除了脚上的凉鞋，身上连一个雨点的痕迹都没有。那孩子的裤腿可真够滑稽，用塑料布从脚腕缠到膝盖，像打了一副绑腿，当然是防止弄湿了裤腿，保暖肯定也很不错的，孩子的妈妈够用心的。他一直把半边脸埋在老头的腿上，并不理会这店的热闹景象，典型的乡下孩子，怯。

“高老爹，赶晴天再来不成呀，雨水滴答的，孩子都冻僵了。”女老板捏了一把孩子的脸蛋，孩子干脆把脸蛋全埋到老头大腿上了。

“冬至了嘛，想给孩子买点东西。”高老头摸摸孙子的脑瓜，和气地说。

“鸡鸭的价格我是懂，鹅的价格，我倒真是不清楚。”女老板瞧着那鹅，点点头说道。很快食客里就有一个报出了鹅的当前市场价格：十五块一斤。老板和老头同时朝报价人望过去。“错不了，就这个价格。”那人又肯定一声。老头爽快地征求老板的意见：“就按他说的吧？”

“赶紧的，给我们焖半天，放足了嫩姜。”那几个药材小老板立刻响应。

女老板又瞧了一眼那鹅，点点头。“成！”她说。一桩小买卖眼看着很快成交了。女老板吩咐一个小伙计到里间去搬称子，她拉开就近一张饭桌边的几把椅子，给爷孙俩让座。老头依然抱着大鹅，孙子抬抬屁股，坐上去了。

“高老爹，多喂点鸡。天冷了，客人们喜欢火锅鸡汤。”女老板和高老头拉起家常。看样子老头常把家禽拿来这儿卖。

“鸡也有，只是个头还小，再过个把月，临近春节就好了。”老头说。

“哎呀，多大的？临近春节就没几天冷了。你知道的，这地方过了元宵节都能穿短袖了，吃火锅太热，不好卖了，这阵子就好。”女老板说。

“也就，三斤左右吧，顶多就三斤半，有二十多只。”老头掂量着回答。

“那正好了，大了食客也不要，两三斤正好一锅。天晴了你赶紧给我送来！”女老板兴奋地说。

“是想再养大点，多挣几块。”老头为难起来。

“这样呀……”老板点点头，“也成，到时你得先给我，和外边一个价，你知道我的。糯米你也给我搞一点，五十斤就够了，我打算过年时灌点糯米肠制成腊的，外地人喜欢这个菜。”

老头高兴地应承了，他家里物产挺丰富的。

“多多，告诉姨，想吃什么，给你炸两个鸡翅膀怎么样？”女老板低下头，仔细瞧着孩子，孩子朝老头靠了靠，埋头一声不吭。

“别给他吃了，刚感冒好，怕吃坏了。”老头赶紧说。

“爹爹，我要吃炸花生米。”孩子埋头说了一声，声音还蛮大的。嚯，这孩子一声不响的，原来早就偷偷打量到我面前那碟香喷喷的炸花生了。

老头笑起来。“我们不吃炸花生米，那东西热气，嗓子眼要疼了，听爹爹话。”他说。

这孩子叫老头爹爹？！我吃了一惊，立刻朝老头多看几眼。没错，老头肯定有古稀之年了，我算了一下，满算这孩子七岁，那这老头子可够厉害。孩子的娘倒不必担心，老夫少妻嘛。

“吃几粒没事的。”女老板说完目光朝正在吃饭的几桌人扫过来，最后落在就近的我的饭桌上。

她朝我嫣然一笑，我立刻把花生米碟子端起来，朝孩子扬了扬。

“去吧，跟叔叔要花生米吃去。”女老板摇晃孩子的肩膀，孩子朝他年迈的爹爹看了看。

“去么，要谢谢叔。”老头嘱咐道，朝我感激地笑了笑。

孩子立刻挪下凳子，转过脸来专注打量我。我立刻停止咀嚼花生米，我想我脸上的惊愕肯定被那老头一览无余。这孩子长着一双斗鸡眼，很厉害的斗鸡眼，两只乌黑的眼珠子使劲朝眼角靠拢，仿佛要拼命挤在一起似的，余下的过多眼白瞧着很瘆人。他还长了一副奇怪的面孔，脸短小而尖，双眼也小，有些凹陷，额头倒是突出。我愣了一下，朝孩子扬扬花生米碟子，并对他露出一个尽可能和善的笑。孩子立刻小跑到我跟前，两只斗鸡眼使劲朝我看，我完全不知道他那双白多黑少的斗鸡眼盯住我什么地方。

“随便拿！”我把碟子端到他胸前，他还在盯我，我瞧不出这双奇特的眼睛包含什么表情。我又朝他抖了抖碟子。孩子却挪上凳子，踏踏实实坐在凳子上，要和我敞开胸怀对饮一般。真有意思，他倒是不怕人，不过这种孩子知道什么是怕吗？我断定他不是个正常孩子。

“你别盯我看，爹爹会难过。”孩子开口就给我来这么一句，我尴尬起来，很显然，不正常的不是这孩子。我慌忙把目光从他脸上移开，然后把花生米碟放在他面前的桌上。他伸出手，抓了几粒放进嘴里，嘎啦嘎啦咀嚼起来，依旧安安稳稳坐着，并没打算离去。

我朝老头笑了笑，意思是叫他放心。饭店伙计从里间搬出一把足可以称一头三百斤肥猪的称子出来，鹅被放到了称子上。那几个嚷嚷要半边焖鹅的酒客全盯着他们。

“好吃吧？”我高高地弹了一颗花生米进嘴里，朝孩子发问。他被我的小伎俩弄笑了一下。哎，笑也不好看，真是个丑孩子。我朝老头瞥了一眼，心想一把年纪弄出来的孩子也只能这样了。

“好吃！”孩子飞快答道，“但喝酒不好，爹爹说的。”他又补充了一句。

“哦，为什么不好？”我对着啤酒瓶灌了一口，问他。

“不知道，爹爹没说。”他答道。

“那个，真是你爹爹？家里还有什么人吧？”我想我是不该这么问的，但实在忍不住。

“是我爹爹，阿妈没来。下雨，她脚痛。”孩子说，几根手指捻着一粒花生。他那件灰色开襟厚外套倒干净，左边胸口有一只米老鼠图案，衣服显然有点小了，袖子已经盖不住孩子的手腕了。

“为什么脚痛？”我问他，同时叫店伙计再弄来一副碗筷，放到孩子面前，叫他随便吃点菜，但他并没碰筷子。

“下雨她就脚痛，走不动。”孩子垂下斗鸡眼，显然阿妈的脚痛影响了他的心情。孩子的阿妈应该是患了风湿之类的，那毛病雨天就折腾人。显然阿妈也不怎么年轻了，风湿多半只找老年人麻烦。我把一块卤猪蹄夹到孩子的碗里，示意他吃。

“你吃一块吧，味道真不错。”我说。

孩子盯着碗里那块颜色不怎么样的猪蹄看一会，又盯着我看，还回头瞧一眼他的爹爹。大鹅已经过称了，好家伙，足足有十二斤重，他们正拿着计算器算钱呢，该是一笔不错的收入，够这家子过一个不错的节日了。

孩子小心翼翼拿起猪蹄，好久都没吃，仿佛不知道该如何下口。那块猪蹄挺大的。

“吃过吗？”我也拿起一块，咬了一口，示意他吃。

“没。”他老老实实答道，送到嘴边咬了一口，他的小嘴巴立刻晕了一圈油光。

“爹爹，你要去哪里？”孩子突然扭头叫了一声。他一直背对着那几个称鹅的人，不晓得他如何感觉到老爹的动静。高老头正抱着大鹅和一个店伙计朝里间走去。伙计大概怕被鹅啄了，对老头避着身子。那里边是厨房，出去是卫生间，然后就到莫纳河了。这条河真心不错，是条跨国河，没什么污染，河水清澈。几年前我在这儿等圆脸姑娘时，啤酒就着这河里打上来的鱼，味道鲜美得无与伦比。

“喏，你和叔叔坐着，爹爹带鹅去喝点水。”老头在进里间的门边扭头对孩子说，“马上就回来，你不要乱跑。”

“半边给我们，立刻焖上了。”那几个药材小女老板对着他们喊道。老头小心地瞥了孩子一眼，不晓得等下鹅不见了他该怎么对孩子交代。

孩子扭着脖子一直看他爹消失在门口。

“你几岁了？”我问孩子。

“五岁多。”孩子沉默了一会才回答我。

五岁多？确实是容易哄的年龄。我想起刚才他跳起来摸他爹爹怀里大鹅的情景，有些替他难过。鹅专门欺负生人，啄人像使劲掐了大腿肉一样生疼，店伙计着实不敢靠近它。老头只能帮他给杀了。

里间传来两声鹅的闷叫声，孩子却像没听见，无动于衷地咀嚼猪蹄，我居然鬼使神差般着急起来，仿佛挨宰的是我的心爱之物。

“那鹅……”我的话没说完就被孩子打断了。“我每天赶它到沟里去吃青草，它不啄人的。”孩子说，两只斗鸡眼盯着我。我在这双白多黑少的眼睛里看到了一丝快活。“是养两只的，有一只死掉了。”孩子继续说，声音弱下去了，看来他还是在意鹅的死的。

“鹅死了你哭了吧？”我问。

他垂下那双斗鸡眼，不语，不知道是不是不好意思。我前倾着身子，靠近他，并朝里间门口努努嘴巴。

“你爹爹拿鹅去杀了，你个傻孩子！”我紧张而小声地对孩子说。孩子猛地抬眼，斗鸡眼全是吃惊的表情。我对他做了一个抹脖子的动作，孩子几乎同时扔下猪蹄并滑下凳子，朝里间狂奔去。几乎在孩子进里间门的同时，他就哭起来了。

“爹爹——”他闪进门里。很快，孩子声嘶力竭地哭起来，一声大大的“哇”声，短暂的沉默片刻，声音突地又冒出来。这种哭法当地人叫死哭，一声出来，孩子张大了嘴巴，下一声像是给憋坏了才好不容易冒出来，通常是孩子极度恐惧或疼痛时才这般哭法。

里间听起来乱成一堆，孩子的哭叫声夹杂菜刀扔到地上的声音，还有老头哄劝孩子。

“多多，哎，乖孩子，起来，起来了，衣服湿了。”老头软塌塌地劝着，看样子孩子肯定是满地打滚了，估计鹅已经被抹了脖子。我脑子里一下就出现那场景，鹅摊在地上，软软的长脖子耷拉着，鹅下巴处被割断了喉管，正淌鲜血，它的爪子在包裹的塑料布里踢蹬着，对孩子来说这太残忍了。

我被电击般打了一个很大的机灵，像没见过杀鸡宰鸭似的。圆脸姑娘还和我住在一起时，几乎每个节日，我们都要杀一只玉米鸡，放点儿香菇做清炖，过个像模像样的节。那几年在我手上送命的不知道多少只鸡了，我们把日子过得热气腾腾的。可这会，听见那个长着一双斗鸡眼的孩子为死鹅撕心裂肺的哭声，我竟莫名其妙心酸，真是怪事。

“我不要你，我不要你、你杀了我的鹅，哇——。”孩子继续凶巴巴地哭着，老头也继续哄劝。

“乖孩子，我们卖了鹅给你买炸开口笑，炸开口笑，油炸的。快别哭了，外边人听了笑话。”老头的声音更软了，像做了亏心事。美艳的女老板捧着一个玻璃瓶热水暖手，听见里面的喧闹声，瞧了我一眼，也进去了。吃饭的人安静不少，都没停下嘴里的吃喝。

“你杀了鹅，你杀了鹅，呜——。”孩子不依不饶，中间夹着女老板一句什么话，然后哭声渐渐逼近里间的门，孩子抱着鹅出现在里间门口。那鹅塞满了孩子的怀抱，相对于孩子的小身体来说，鹅实在太大了。鹅的长脖子从孩子的胳膊上耷拉下来，鹅嘴几乎点地，从下巴处的刀口滴下一滴一滴鲜血，已经不再动弹，算是完蛋了。抱鹅的孩子脸被哭相扭曲着，涨得通红，脸上泪水横流。他抱着鹅费劲跨过门槛，身后是满脸愧疚的老头，无动于衷的店伙计，有点儿尴尬的女老板。一屋子吃饭的人都瞧着孩子，孩子抱着鹅出来，在饭馆门口张望门外的雨天，又不敢出去，他回头瞧了一眼老头，哭得几乎背过气。

老头搓着双手，脸上又心疼又尴尬。鹅已经抹了脖子，说什么都没法挽回了，他讪笑着环视了一圈食客，一筹莫展。

“多多，哎，多多，鹅……只是睡了。”女老板蹲在孩子面前，柔声说道，“真的，鹅只是睡觉了，睡一觉就好的。”

食客中有人笑了起来，女老板扭头瞪了一眼。真是滑稽，这孩子又不是弱智，能这么哄？我瞧着他们。

孩子依然凶巴巴哭着，不过他转脸盯住女老板，哭声似乎也稍微弱了。女老板抬起手，还没碰到鹅，孩子抱着鹅往后蹬脚步，也许是鹅太重，他和死鹅一下子跌坐在地上了。老头嘴里哎哎地哼着，要把孩子扶起来，孩子一屁股稳坐在地上，死死抱住鹅。

“流血了，爹爹，鹅流血了，哇——”孩子哭嚷着，似乎相信鹅真是睡着了，只是受了点伤。他张大嘴巴，脸哭皱成一团，嘴里流下一条长长的涎水，垂到死鹅身上。

“包起来，爹爹给鹅包起来，别哭，啊，别哭。”老头逮到孩子话里的一线希望，赶紧说。他从就近饭桌上的卷筒纸扯下一条长长的白纸，抱歉地瞧着女老板。那个女人看都没看他一眼，蹲在孩子身边一个劲摩挲他的头。老头在孩子身边蹲下来，扶起死鹅的头，捻着纸条的一头摁到鹅血淋淋的下巴，慢慢绕圈子缠起来。孩子的哭声立刻小了许多，但他依然紧紧抱住鹅，下巴一扭一扭打着哭嗝，一副伤心欲绝的模样。鹅估计已经给放血得差不多了，两三圈白纸缠住刀口，已经看不见血渗出来。老头把一条长长的卷纸全绕到鹅的下巴，快要把鹅头缠没了。他很细心，粗大的手慢腾腾磨活儿，认真劲儿像真能把死鹅救活似的。剩下一点纸头时，女老板从手腕上褪下一条橡皮筋，给老头固定包好的白纸。

两人的表情都很认真。

我对着瓶口喝了口冰凉舒服的啤酒。孩子怜惜形影不离的鹅情有可原，两个大人瞎表什么情？我瞪着蹲在孩子身边的老头和女老板。

“多多，先把鹅放在姨这里睡觉，我们去吃个开口笑，炸小粽子，再回来要鹅成不成？”老头开始美食诱惑，这招一向能轻而易举搞掂孩子。

“是啊，把鹅放姨这里，姨肯定帮你好好照看。”女老板也劝起来。

孩子忧伤的脸轮流转向他们，默不作声，老头于是朝孩子怀里伸手，想把死鹅抱出来。孩子立刻惊恐地哭起来，两条小腿恼怒地踢蹬他的老爹。

“不留，不能留下，哦……”他把哭皱的小脸埋在鹅身上，哭声闷闷传出来，两个小肩膀一抽一抽的。

老头无可奈何地瞧着女老板。我们乡下极少这么宠孩子的，不听话就要“扔去给要饭”的，最痛快的就是给巴掌吃，真打，疼了孩子才长记性，保准孩子服服帖帖的，还能由着你耍性子，乡下活多着呢。这老头一副老来得子模样，看孩子伤心他都快跟着流泪似的。

“行，我们带回去，起来喽，地上冷，回头又感冒了。”老头小心扶着孩子的胳膊，避免碰到死鹅，孩子把脸从鹅身上抬起，抱着死鹅站起来了。

我们都觉得这是老头的伎俩，估计他要使出乡下人惯常教育孩子的办法了，不听话，硬来么。劈手夺过死鹅扔给女老板，扛起孩子走掉了事，到了街上弄两口好吃的哄哄，保证嘴里的东西还没吃完，鹅就被他忘掉了，我们都熟悉这套把戏。那边喝酒的人还等着下酒菜呢。

老头不慌不忙拿起斗笠，擦掉孩子脸上的泪水，给他戴上斗笠，自己也戴好了。他转过身，把鹅钱摸出来，女老板慌忙摆手。

“做成的生意了，别往回给钱。”她说。

“孩子不愿给，实在不好意思。”老头捏着一叠钱。

“鹅抱回去就是了，下次拿鸡抵上。”女老板说。

“抱回去也活不成嘛。”那几个食客叫起来。显然他们也和我一样，觉得这样惯孩子不是个事。

老头瞧了他们一眼，又低头瞧了一眼孩子，把钱给女老板了。“这哪行，鸡归鸡，鹅我们要回去了。”老头急切地说，似乎想快点离开这里，他把鹅钱放到饭桌上，扶着他斗鸡眼孩子的双肩出了门，很快走进雨中。孩子抱着鹅走得更费劲，鹅长长的脖子从他的胳膊上垂下来，跟随他的脚步晃晃悠悠的。

“这老头，还跟孩子较真了，老来得子，惯成这样。”我嘟囔着，想起家里那些烦心的事情，有些嫉妒那孩子。

“那孩子不是他亲生的。”女老板望着雨中的两个身影，吹着热水瓶里的水淡淡地说。

“我说呢，都那么老了。他没孩子吗？这把年纪还领养毛孩子，够遭罪。”我对着窗外问道。

“有，两个，死了。”女老板抿了口水，说。

我一时不知道该说什么，我想起孩子那双斗鸡眼和奇怪的面孔，最后说：“领养也得领个好的嘛。”

女老板瞪了我一眼，说："好的能扔到我们这里吗？孩子刚能站着尿裤子时就被扔掉了，满口叽哩呱啦的话大家都听不清。"

我吃惊地瞪着她，扭头朝窗外望去，正好看到那孩子抱着死鹅结结实实摔了一跤，哭声从冬至的雨中传来，还有老头的哄劝声。

毕斯先生的怜爱

毕斯先生照例坐在那张惯常坐的灰色布艺沙发上，这张沙发的两个扶手已经脏得差不多看不到本色了，上面有女儿小时候的口水（她现在也还小，今年才六岁，已经不流口水了），不知什么原因造成的斑渍，当然，还有毕斯先生这几年来数九天分泌的少许汗液。总之，假如毕斯先生不坐这张沙发，也不会有人安心坐在上面了。另外两张沙发也差不多一样脏，它们稍微比毕斯先生常坐的这张干净一点。妻子麦芳实在没有多余的精力料理这些娇里娇气的沙发。五年来，也就是他们的女儿一岁零一个月后，麦芳就开始独自承担这个家了。毕斯先生患上了慢性肾衰竭，这是一种极为糟糕的疾病，需要一个星期做两次血透，不然他就会因为毒素过多渗入血液而身亡，因为他的肾脏已经没有排毒功能了。他几乎没有尿，三天，最多四天，他体内的肌酐便会飙升到一千甚至一千二，并且全身浮肿。

到底是怎么患上这种可怕的疾病呢？毕斯先生很多时候坐在这张沙发上冥思苦想，但没有任何蛛丝马迹可寻。唉，他总是徒劳地叹气。然后长久地陷入对以前美好日子的回忆。他的时间太多了（相对于每一个他依然能睁开眼睛的白天，每天都很漫长。但就生命而言，也许也就挨个三五年。他很苦恼，三五年，多么折磨人，他倒是希望这一切尽快结束），又没有相应的体力干点什么打发掉，回忆成为他唯一可做的事情了。他们夫妇俩生活在一个叫莫纳镇的小镇里，离县城三十五公里。女儿还没出生前，毕斯先生每个星期总会骑上他的五菱摩托车带上喜欢逛街的妻子麦芳上县城瞧热闹。麦芳对于已经熟悉得不能再熟悉的街道和商铺始终满怀兴趣和热情。不过毕斯先生总是由着她，反正也不远，带着年轻的、有一张圆脸的妻子上县城不是什么坏事，他愿意宠爱自己的妻子！不消说，他们的婚姻当然是美满的，唉，那些小性子、小矛盾就不值得提了。

现在，毕斯先生又沉浸在对过去的回忆中了，一看他那张发黑的、有点儿浮肿的方脸无比严肃的神情，所有的人都知道他进入回忆的通道里。刚开始患病时，那些对他的不幸遭遇尚有同情心的来访者——亲戚、朋友，一一都被毕斯先生拉住，并向他们倾诉以往他和麦芳的生活，毕斯先生就是这副神态的。他实在太寂寞了，患病时他才二十八多一点，对生活怀有无限希望，就像这个早上的阳光般美好。他是个正派的年轻人，不文身、不留长发、不抽烟、不喝酒、不赌博，也不会朝年轻的姑娘们吹调戏口哨，喜欢穿白色短袖T恤，衣下摆中规中矩地插进裤腰里，他因此被镇子上的人称为毕斯先生。当然，他姓毕名斯，加一个先生，大约是对一个举止规矩的年轻人的尊称吧。

一只公鸡嘹亮的啼鸣声打断了毕斯先生的回忆。这只叫“高跟鞋”的有一身水光油亮羽毛的公鸡跟他们的婚龄一样长，那是麦芳跟他结婚后购置的第一批家禽里的一只，两只脚杆像筷子一样高，麦芳因此赐名高跟鞋。它对麦芳的钟爱简直让毕斯先生嫉妒。只要麦芳在家，“高跟鞋”就撇下整天为它争风吃醋，看起来都极为小心眼的三只母鸡，跟随麦芳的脚后跟，进他们的卧室、厨房，或到后院菜园跟麦芳淋菜。偶尔还会试探性地轻轻啄一下麦芳的脚后跟，那模样就像毕斯先生新婚那段时光，趁麦芳不注意，把手伸到她胸前搓一下那两只柔软而弹性十足的乳房一样。毕斯先生记得自己依在厨房后门门框上，对已经怀有三个月身孕的麦芳说出自己的发现时，“高跟鞋”还只不过是一只毛色还未长全的小公鸡，麦芳惊愕地瞪着他，然后舀一瓢水朝毕斯先生扬过去，把他嫩绿色的短袖T恤全淋湿了。

“高跟鞋”骄傲地出现在门口，嘿，可别小瞧它，它可是来到他们家二楼的小客厅。毕斯先生的家是一栋三层小楼，是那种狭长的小楼，莫纳镇所有的人家几乎都住这样的房子。这房子是毕斯先生二十岁开始外出当汽车维修工挣下的，他修理技术很出色。他还有一个大哥，六十八岁的父亲跟大哥夫妇过着。应该说毕斯先生夫妇的生活是没有任何人打搅的，年轻力壮的夫妇，一个孩子，真是惬意不过了，当然，这些都是孩子两岁以前的生活了。后来，他们不得不把一楼租给一个四川人卖凉拌菜，他们挪到二楼上居住。“高跟鞋”和它不太起眼的妻妾们养在麦芳自己搭建的后院菜园一个木板窝棚里。你现在知道“高跟鞋”多聪明了吧，它得一步一步跳上十六层台阶，才能上到二楼。

“高跟鞋”雄健的身姿被五月份上午十点从靠近门口的窗户投进来的阳光拉得老长，它站在门框上，歪着脑袋打量这个日渐令它陌生的男主人，圆圆的小眼睛一动不动的。

“来，‘高跟鞋’！”毕斯先生看着亮处的公鸡，亲切地召唤它。屋子实在太静了，尽管街上人来车往的嘈杂声音从门窗溜进来，但那不是属于屋子里的声响，屋子还是太静。麦芳带着孩子到街上去卖自发的黄豆芽、绿豆芽和老嫩两种豆腐，家里白天多半只有他一个人在。他盯着“高跟鞋”，目光充满赞许。他还是能看清“高跟鞋”身上黄褐色的羽毛和高高挑起来又像镰刀那样弯下去的黑色尾羽的。白内障使他的目光不再明亮，妻子麦芳以为他最多只是能看见一团模糊的东西，女儿小麦芳常常向他伸出一只脏兮兮的胖得手背起了小酒窝的手：“喏，这是几根手指？”她这么问，然后哈哈大笑，取笑自己的爸爸是只可怜的瞎猫。真好，孩子对生活中的不幸还没多少感受，毕斯先生时常感叹。

“高跟鞋”没搭理毕斯先生，继续站在门框上，它当然知道自己最钟情的那位不在家，因此它没进来，伸着脖子再啼叫一声，转身扬长而去。傲慢的家伙！毕斯先生摸摸自己肿胀的脚背，有些哭笑不得。他整个人陷入其实并不宽的沙发窝里，两只膝盖很利索地抵住自己的下巴，他甚至能把自己的脖子毫不费劲地伸进两腿膝盖间，他试过了。有一次他把脖子夹在自己的膝盖间时，麦芳正好走进来，吓得大声尖叫，以为他已经断气了。他虽然有些浮肿，但人其实很瘦，又驼背，这个动作做起来易如反掌，也是最令他感觉舒服的，尽管他知道看起来不甚雅观，不过，又能有什么人看见呢？嗯，还是有两个的，至少两个吧。其中之一是他的堂弟，离他家不远，同龄人，他们一向以伙伴相处。毕斯先生追求麦芳时，堂弟给他出了不少馊主意，奇怪的是那些馊主意对女人很管用。毕斯先生能把麦芳追到手，堂弟着实功不可没。这个善于对付女人的花心鬼直到现在居然还没讨上老婆，着实令人匪夷所思。“没劲，那个女人没劲！”他总是这样绝望地对毕斯先生抱怨，也不知道他眼里什么样才是“有劲”的。他让他的双亲和姐姐操碎了心。至于另外一个……

毕斯先生猛地听到“高跟鞋”一阵扑腾，并伴有怒火冲天的争鸣声。他熟悉“高跟鞋”的愤怒，这般模样肯定是被谁踢了一脚。毕斯先生感到很惊讶，这货居然还待在楼梯上，因为它的抗议声就是从那儿传来的，可是好长一段时间了，它待在楼梯上干吗？毕斯先生稍微聆听，知道是谁来了，这几年肯来他家的就那么几个，他们的脚步声毕斯先生如同自己的掌纹般熟悉。

“嗳，我来你家比去丈母娘家还勤。”从楼梯处传来一声招呼，当然是和毕斯先生打的招呼，对方知道他肯定待在家里。

毕斯先生望向门口，灰黑的、浮肿的脸上带着微笑。从窗口泄进来的明亮阳光洒在靠近门口的一小片地板上，呈现一个什么都不像的光斑，很快，那块光斑便被一个身影罩住了。

“你家那只公鸡真不错，像狗一样能看门。”来人又嚷了一句。

“它不是狗，是狗早就朝你下腰欢迎了。”毕斯先生微笑着回答。

来人嘟噜了一句脏话，说：“干吗朝我下腰，我又不是公狗。”

毕斯先生摸摸自己的下巴，笑起来。

来人是毕斯先生的朋友，从小一起在镇子上长大，如今在镇卫生院当医生，每个星期来两趟给他量血压，尽朋友的一点情分，真难得。就连毕斯先生的父亲和亲兄弟都好长时间没来看他了，不过他并不怨恨他们，这个麻烦的、看不到希望的疾病磨掉了所有人的耐心。朋友估计有三天没刮胡子了，下巴那儿黑黑渣渣的，他一向这样，年轻时就这样。当然，他现在依然很年轻，面色红润，身形高大，浑身溢满饱满而旺盛的生命力。毕斯先生羡慕地瞧着他强健的体型，看着真让人舒心，他在朋友面前极像萎缩的小老头。

他给毕斯先生带来一瓶五十二度的白酒，毕斯先生说要弄点儿高度白酒给麦芳泡药酒，麦芳神经衰弱，晚上睡不好。但他总是忘记，这次终于给毕斯先生带来了。

“今天这么早就脱身了？”毕斯先生调侃起来。他的朋友是位医术相当不错的妇科医生，常常被女人缠得无法脱身。

朋友坐在毕斯先生旁边的沙发上，看了一眼小凳子上那个平常装毕斯先生药丸的小汤匙，它们是空的。他伸出自己猿猴臂般长的手臂，拍拍毕斯先生的肩膀，毕斯先生的肩膀立刻塌了下去，那两条强健的手臂实在太劲道了。

“这就对了，药得吃，生病怎么能不吃药呢！”他说。

毕斯先生近段时间段对吃药治病不怎么上心，常常忘记吃药，几位关心他的人都很担心。他微笑不语。哥们把两条长腿伸直，脚跟顶在地板上，人懒懒散散摊在沙发上。

“给那帮乡下女人看了一早的妇科病，出来透透气，顺便来瞧你一眼，你没断气，真是奇迹！”他有口无心地说，他总是这么说话，毕斯先生并不介意。他随手拿起一只搁在另一张沙发上的铅笔，飞快地在手里转起来。

“知足吧，这个乡镇的女人大部分都被你亲手办了。”毕斯先生开玩笑。

“嚯，你老兄以为我怎么办的？都是些月经不调、上环取环、阴道炎、盆腔炎、异味、恶露、瘙痒，真他妈不该学这个专业！”哥们有气无力辩解道。

“昨天我在街上，一个老女人不知从哪儿冲出来，眼角周围的皱纹快爬到耳根了，朝我一阵疯喊：‘医生，医生，我下面，老公一弄就痒一弄就痒，你给开点药嘛。’半个镇子的人都听见了，不知道她是不是被踢坏了脑袋。我很生气，说，那就不弄嘛，不弄就不痒了。那女人急得满脸飙汗：‘那怎么行，不行的，不弄，憋死人呐！’这要是我老婆，当场就给耳刮子吃了！”

毕斯先生和朋友一起爆笑起来，居然从楼梯上传来附和他们笑声的“高跟鞋”的啼鸣声，连朋友都觉得不可思议。

他站起来，走到门口，朝空中虚晃一脚，“高跟鞋”带一路鸣叫惊慌而去了。呵，真是一只神奇的公鸡，毕斯先生内心一片柔软。

“来吧，我给你量一量。”朋友重新回到沙发，捉住毕斯先生瘦弱的右手臂，隔着衣服给他缠上并箍紧血压带。

毕斯先生的高血压是服用大量治疗肾衰竭的激素药而导致的并发症，除此之外，还有糖尿病、高血压、白内障、佝偻病（他实在记不清这个病的医学名称了），这些疾病使毕斯先生的生命变得危机四伏，稍微不注意，随时可要了他的命。两个月前，他的血压突然莫名高起来，达到一百七。开始他有点儿头晕，看“高跟鞋”时它会慢慢晕出好几个身影，这些身影忽上忽下飘移，有时重叠到一起。这种症状持续不到十天就消失了，再量血压，居然到了一百八。他觉得是身体机能已经慢慢习惯并接受了这种状态，他心里也慢慢接受了。一切都得慢慢接受，并且是必需的。他的视线慢慢模糊，强健的脊椎慢慢弯曲，还有胰岛素，这些变化曾经让毕斯先生内心无比挣扎，最终慢慢接受了。他觉得他可以接受一切了，一切，当然包括生命之火的熄灭！医生给他换了另外一种降压药，据说是进口的，但他的血压一直没再低于一百八，情况就是这样。

“两百！”朋友给他量完血压，忧心忡忡地说，他卷着血压带，小心翼翼地看着他的朋友。他从来不对生病的朋友遮遮掩掩。毕斯先生又微笑起来。

“挺吓人吧？”他说。

“够吓人的。”朋友有点烦躁，“医生给你换的新药怎么没效果？”

“可能需要时间，慢慢适应嘛。”毕斯先生安慰道。

“你不要多动，千万别动，特别是像现在，你母鸡趴窝一样半天不动，千万别猛地站起来。”

“那会怎样？”毕斯先生其实不喜欢这个话题，怎么样他都不在意，但他担心朋友很快离去，所以找些话题。

“怎样？”朋友搔搔理得差不多贴近头皮的短发，偏过脸来瞧他，捡最要紧的后果回答道：“脑溢血，猝死，总之够呛。”

“嗯，那倒是。”毕斯先生不明意义地说，语调轻松，仿佛谈一件和自己无关的事情。

朋友被他这股松散神情弄得很奇怪，不禁多瞧他了一眼，发现他与平时无常，略略放心了。

“呃，你记得小时候我们一起去水库游泳的事吗？”毕斯先生说道。

“记得呀，人生最值得回忆的就是小时候那些幼稚事了，长大以后的事都是混账事。”他的朋友把头靠在沙发背上，十指相扣搭在肚皮上，尽量弄得舒服点。

“真是奇怪，那水库淹死很多孩子，每年好几个，我们却一点事都没有，连水都没呛一口。”毕斯先生说。

“命大嘛。”朋友说完觉得有些不对劲，歉意地看他一眼。毕斯先生并不在意。

“水库旁边有一个看西瓜的窝棚，女人们常常跑到里面去换衣服。”毕斯先生飞快地瞧他的朋友一眼，眼神里满是快活的神情。

“哇，看见女人们进去，我们在外面掐了脱衣服时间，大喊大叫着火。真是福利呀，跑出来的女人差不多全裸，那算是我的性启蒙了。罗红她妈的屁股比磨盆还大，周飞的姐姐大概是全莫纳镇奶子最大的了，那对木瓜一样的奶子几乎填满了我整个青年时代所有的夜梦。哈哈哈……”朋友也快活地笑起来。

“嗯。”毕斯先生点点头。男人在一起总免不了谈女人。

“这些馊主意全是你那过分早熟的堂弟出的。那家伙看完女人就直不起身了！那时候我们懂什么？只分得清男女。”

“喏，最不开窍的是我了。”毕斯先生有点遗憾地说。

“你？最不开窍？每次见周飞的姐姐你眼都直了。得了吧，什么毕斯先生，狗屎！我还不懂你？！”哥们挖苦起来。

毕斯先生笑了笑，有点儿腼腆。真要命，这点儿腼腆表情是天生自带的，据说这类人心思细腻善于隐藏，内心惊涛骇浪表面风平浪静，别人一般难以觉察到他的内心。

“她长得好看，男孩子见了哪能不多看两眼。”毕斯先生平静地说。

“就多看两眼？暗地里没少想着人家撸自己吧？”哥们睨着眼睛瞧他。

这时候从楼下传来喊妇科医生的声音，一个脆生生的女人声音，那尖细声音让毕斯先生马上就知道是卫生院新来的那个女护士，常到这儿来找他的妇科医生朋友。不能说这位妇科医生上班乱溜号，他其实只是出来吃个早餐顺便瞧瞧自己生病的朋友罢了。只要上班时找不到他，站在毕斯先生家门喊上一声准没错，乡镇的部门，没有那么严格。

朋友收起懒散的姿势，站起来，收好带来的血压器，朝毕斯先生摆摆手，什么也不说就走出去了。这是他们的告别方式，简单直白。毕斯先生有点儿遗憾，希望妇科医生能稍微多待一点时间，他还想多聊几句，眼下的事情没什么好说的，聊些过去的事情还是挺愉快的。他还想嘱咐朋友麦芳若身体有麻烦去找他时，请行个方便。其实不用交代哥们也会关照的，但他就是想亲口对朋友说。不过，唉，人人都很忙，这样已经够义气了。

他拎起那瓶白酒，仔细瞧上面的小字，然后搁在自己的膝盖上，默默看着，里边的液体晶莹透明，瓶盖是红色的，套塑封。他抬起头，朝窗外看去。

阳光渐渐离开门框，朝窗外退去了，屋里的光斑越来越小，太阳渐渐升高了。街道上的嘈杂声越来越多，毕斯先生明白莫纳镇的早市进入了高潮。一些偏远村庄的赶集人带着他们的鸡鸭和山货赶到了，买卖交易正在火热进行中。县里的小商贩通常骑着摩托车来收购乡村纯正的土鸡土鸭土狗以及山货，拿到县里卖掉赚个差价。早年毕斯先生也干过这行，并积攒下了学汽车修理的学费。他对人生很有规划，父亲从未对他有太多的操心。

他聆听着窗外的声音，然后目光又落在那瓶白酒上。毕斯先生这半生喝酒的次数屈指可数，记忆犹新的是他结婚和女儿满月时的那两顿，其实也就一两瓶啤酒，就把他整得分不清东南西北沉睡两天。他挺羡慕张口就能喝的男人，并为自己的酒量感到羞愧。堂弟就能喝，大概这瓶也是不能放倒他的，还好，他喝多了不闹事，顶多要求给人家跳他独特的醉舞，他管那套头重脚轻、四肢乱舞的动作为“醉舞”。总而言之，堂弟还算是个不错的男人，给父母惯坏了，稍微有点懒，毕斯先生觉得他是缺一个女人管他。男人就是这样，父母拿他没办法，女人自有办法收服他。毕斯先生皱着眉头想了一会儿他的堂弟，然后听见小麦芳欢乐的叫声从楼梯下传来，他明白她们母女回来了。女儿的声音渐渐靠近门口，蹬楼梯的脚步声轻快而有力。很快，一张红彤彤、汗津津的圆脸蛋伸进门框，锅盖短发圈住大半个额头，这发型很配她的圆脸蛋。她整个人是圆的，胳膊和腿像长势良好的大白萝卜，非常健壮结实。其实她的妈妈也没给她什么特别的食物，隔两天必给她吃顿筒骨粥，其他时候由她自由成长。妈妈实在没有什么精力照管她。

“爸爸，小老头！”小麦芳迅速把头从门框边缩回去，躲在门框外和毕斯先生开玩笑。

“啊，小麦芳公主，你在哪儿？”毕斯先生假装伸出一只手，在自己的眼前不断晃动，把自己变成一个瞎子。小麦芳在门外爆笑起来，接着被她随后回来的妈妈几乎是撞进了门里。她一下扑进毕斯先生怀里，毕斯先生感到她日渐沉重了，压得他严重缺乏钙质的骨头一阵疼痛。不过他很快乐，女儿扑进他怀里使他觉得整个世界都在他的怀里了。他闻见女儿身上的汗味儿，这个小人儿，真是能让人万般疼爱。

“小麦芳公主，今早皇后娘娘给你吃什么早餐了？”毕斯先生捏着女儿健壮的小胳膊问道。

“桂花肉末粥和半根油条。皇后娘娘只给我吃半根，她说吃多了会上火。爸爸，上火是浑身着火吗？”女儿摸着爸爸的下巴问道。

“是的啊，皇后娘娘说得很对。到时你头顶会冒烟，黑烟。”毕斯先生愉快地回答。

“她有名字，别老麦芳麦芳叫她，麦芳是我爹娘老子给我起的。”麦芳走进来，她双手端着一副码豆腐的竹篾，她和小麦芳一样脸色通红，渗着细密的汗液，眉目清朗，眉宇间有一点淡淡的忧愁的细纹，马尾巴辫子绕成团绑在脑后。她不瘦，恰到好处的丰盈，裸露在淡蓝色七分裤和白色短袖衫外的小肚腿和手臂圆润结实，真是一对可人的母女。毕斯先生满眼欢喜地瞧着自己钟爱的两个女人，说：“我喜欢麦芳这名字！”

“我喜欢麦芳这名字！”小麦芳在毕斯先生怀里朝她的妈妈翻白眼。妈妈嫌她太淘气，管教略严了些，有时会大喊大叫。她会像只鸵鸟一样一头扎进毕斯先生怀里。

麦芳把手里的东西搁置到饭桌上，拿起水杯咕噜咕噜惯了一气凉开水，然后坐在饭桌边，模样有点儿生气似的看着父女俩。

“中午饭后我要下村收黄豆，要晚一点才能回来。今早的豆腐很好卖。天热，大家喜欢吃凉拌豆腐下粥。”麦芳说。

“嗯，你去，路上带水。”毕斯先生瞧着妻子平静地回答。小麦芳爬上毕斯先生的膝盖，揪住他日渐稀薄的头发，说：“喏，小老头自己在家，听话，我叫‘高跟鞋’来陪你。”

毕斯先生对女儿郑重地点点头，抚摸她肉墩墩硬邦邦的屁股蛋，这种货真价实的饱满的感觉总能触动毕斯先生内心情感最柔软的部分，让他忍不住想哭。麦芳依然坐在饭桌边，瞧着自己不成人形的男人。她常常这样若有所思地望着他。毕斯先生早先很抵触妻子这种略带苦巴巴的直视，后来，所有的一切他慢慢接受了。只要感觉到妻子注视他，立刻很轻松地报以微笑，那模样像是安慰：没事，什么事都没有。其实他内心很不平静，他知道她所有的忧愁，独自抚养孩子的艰辛，不中用的只会花钱的丈夫，自己过于年轻和饱满的身体，这一切都深深困扰她。三年前他们就分床而眠了，尽管他们仍然住在同一房间，麦芳带他们的女儿睡在婚床上，毕斯先生则睡在后来为他安置的略微小点的小床上。他清楚听见麦芳经期前那几夜的烦躁辗转，那是她最渴望得到身体爱抚的时候。毕斯先生的肾还无比强健时，总是把她安抚得舒畅无比。他理解妻子难以启齿的苦衷，一点儿都不责怪她。

毕斯先生习惯性地对妻子报以微笑，坦诚地望着她。她头上那根淡蓝色的小发夹夹歪了，他真想走过去帮她弄好。但他什么都没做，只是静静望着她，麦芳轻轻叹了口气。

“我做饭去。”她站起来，转身进厨房。毕斯先生的位置，正好可以看见麦芳半个身子，只要她安静站在液化气灶边烧菜的话。

小麦芳从毕斯先生怀里钻出来，寻找自己的水瓶。麦芳在他们家门口挂了一块收黄豆的牌子，她不接受主动挑上门来的黄豆，只要告诉她家里有黄豆，并留下地址姓名（离镇子不算太远，且交通方便的村子），麦芳便主动前往。她需要查看一下黄豆符不符合她的要求。她的豆腐和豆芽之所以大受欢迎，全赖她选择的优质黄豆，这一点她毫不含糊。每次下村，她会带走“从来不会让人有一刻安静”的女儿，怕这个好动的家伙折腾坏了她易碎品般的爸爸。她通常会收回一到两百斤黄豆，在村子里雇一个摩托车送回来。不过这几个月来，麦芳省去了雇车的麻烦，毕斯先生的堂弟买了一辆车身是朱红色的小三轮，麦芳会请他一同前往，她会支付油钱，这使毕斯先生大为放心。每次麦芳带女儿下村，他担心得要命，总怕哪个烂了心肠的混蛋欺负他两个诱人的女人。

厨房传来菜下热油锅的嗞啦声响,然后飘来一股花椒香味。麦芳喜欢吃花椒，每道菜都会放几粒。毕斯先生真希望妻子能多有一点喜欢的东西，也许这样能稍微转移她的苦衷。但她每天洗洗刷刷，做豆腐发豆芽做买卖，烧三个人的饭菜，似乎没别的喜好了。当然，她顾不上，需要她操心的事情够多的了。

酸空心菜杆和西红柿焖豆腐刚端上饭桌时，毕斯先生听见他们家的楼梯今天再一次响起。他笑起来，堂弟走路右脚总是比左脚用力，所以脚步听起来轻重不一。另外，他最近喜欢一步跨两级台阶，好像年轻时那股冒失劲儿又回来了。毕斯先生的喉咙突然一阵紧，他费劲地干咽一口唾沫，堂弟像一根檩子一样楔入毕斯先生家的门。

“哥！”他的脚和招呼声一起跨入家门里。毕斯先生微笑着，朝他点点头，“来了！”

麦芳从厨房出来，拎着油汪汪的锅铲。她望着他，他转头对着毕斯先生。

“我来蹭碗粥,我妈今天烧的菜盐巴多得狗都吐。”他说。麦芳转眼看了毕斯先生一眼。

“你再炒个花生米。”毕斯先生对妻子吩咐道。堂弟喜欢吃花生米，这个口味从童年时代以来一直没改变。

麦芳转身进厨房了。小麦芳从房间里冲出来，堂弟胳膊一伸，小麦芳就被拎起像木马一样旋转起来。堂弟这招总能点燃她的兴奋点，让她在半空中兴奋尖叫不停。

毕斯先生对堂弟的强健臂力羡慕得差一点嫉妒上了。

“喔，你又长胖了，太胖了是嫁不出去的。”堂弟快活地说。

孩子咬牙切齿使劲捏住堂弟的脸颊。“我撕烂你的嘴！”她尖叫起来。

健康的人立刻使这间屋子变得活力四射起来。就应该是这样的，毕斯先生暗暗想，他有点儿忧伤。

“你得穿上长衣裤，这样去不行。”堂弟把孩子放下来，小麦芳尖叫着冲进房间去。

“最近行情怎么样？”毕斯先生示意他在自己旁边的沙发坐下。堂弟干起毕斯先生结婚前的营生，往县城酒店贩卖土养家禽。

“还行。如今城里人喜欢吃土生土养的东西，价格也涨了点。”堂弟却走进厨房，他要进去帮拿碗筷。毕斯先生家的厨房也是狭长的，他们的碗筷柜在靠近一扇小窗口的最里边，那个角落刚好能容纳下一个不算大的碗柜。他一进去，就不见了人影，毕斯先生听见开碗柜和拿碗筷时瓷碗相互碰撞的清脆声音，然后是拧开洗菜池水龙头的流水声。他倾听那些流水声，一直都是单调的哗哗的流水声。毕斯先生垂下头，差一点又把脖子夹进自己的膝盖缝里了。他把两条腿放下来，右手抚摸左边脖子肋骨处，那里敷着一张医用纱布，纱布下埋一根接到大动脉的管子，用于每周两次的血透。他的手指明显粗大，那是浮肿，过两天又该上县城血透了，血透出来通常精神会好一点，身体里的淤水会排掉四到五斤左右。血透带走了毒素，顺便也带走了蛋白质，营养不良、贫血也跟着来了。

麦芳端着一盆喷香、还在嗞啦嗞啦响的花生米进来放在饭桌上，堂弟把碗筷摆好。

“哥，吃饭。”他捏着一双筷子站在桌边瞧他。

“我不饿，你们吃。”毕斯先生笑着说。

“呃，我把饭菜留在桌上给你。”麦芳看了他一眼，往毕斯先生的饭碗里拨拉了些菜，“什么时候饿了再吃，我们没时间了，村子的路不怎么好走。”她说。

“好的。”毕斯先生点点头。

“花雨，你要折腾到什么时候？乡下可没有东西给你吃。”麦芳朝房间喊小麦芳，筷子不耐烦地敲打碗边。

毕斯先生很想告诉她，不要拿筷子敲打碗边，那是乞丐行为。但他什么都没说。小麦芳从房里奔出来，粉红色的长裤和淡蓝色短袖衫，她连遮阳帽都戴上了。

“好看吗？”她在毕斯先生面前跺着脚。黄色的遮阳帽是两年前买的，如今显得有点儿小了。

“好看，简直要亮瞎我的眼睛了！”毕斯先生欢喜地说，暗暗伤心如今连给女儿买一顶合适的遮阳帽都做不到了。他把孩子上下看了一通，居然发现她穿上了透明塑料雨鞋。

“你穿那个干吗？要热死你的，赶紧换凉鞋。”麦芳也发现了，他们已经开始吃饭了。

“我喜欢穿，好看！”小麦芳白了她一眼。

“穿，什么好看穿什么！”堂弟拍板了。小麦芳冲过去，一下子坐进专门给她准备的高凳子。他们家的饭桌有点儿高，不过再过两年，孩子就可以适应了。

他们在饭桌上吃起来，很简单的饭菜，每个人之间都有一段距离。麦芳喜欢玉米粥就酸菜，假如只有一个人吃饭，一碟搁了花椒的酸菜就够了。小麦芳喜欢吃豆腐。毕斯先生通常什么都吃一点，夹上一两筷子，不多，加上半碗黏稠一点的粥就够了。他不喝水，避免水肿。毕斯先生静静看着他们吃饭，他们之间并不说话，这是麦芳定下的规矩。嘴巴该干吗就干吗。堂弟舀两大勺花生米放到粥碗里，不再吃其他菜。麦芳也吃了花生，她不怕上火了。小麦芳背对着毕斯先生，小而结实的小熊背引起毕斯先生无限怜爱，她拿筷子一向很靠近夹菜的那端。

堂弟久不久探究似地朝毕斯先生看一眼，每次都碰到毕斯先生平静的微笑。

很快，简单的午饭就结束了。堂弟和毕斯先生打了招呼就先下楼，在楼下按了三声长长的喇叭。麦芳收拾了碗筷，把毕斯先生的饭菜留在饭桌上，罩上一个防苍蝇的纱罩。然后戴上她的尖顶斗笠帽，她戴这顶帽子模样顶好看的。她又拿上包和小电子计算器。

“你真的不觉得热吗？你在路上喊热我就揍你！”麦芳站在客厅，看着孩子脚上的塑料雨鞋说道。小麦芳正往她的水瓶里塞淡绿色薄荷糖。

“不热！”她斩钉截铁地说。

“快一点！”麦芳催促道，然后也下楼了。

“到爸爸这儿来。”等孩子笨手笨脚地把三颗薄荷糖全部塞进水瓶后，毕斯先生哽咽着招呼孩子。孩子低着脑袋瞧着瓶口，走近毕斯先生，他一把把孩子拉到自己怀里抱着。孩子的小身子温热结实，小胸部随着呼吸起落有致顶着他，他几乎流泪了。孩子抽出两只小胳膊抱住他的脖子，咯咯笑起来。

“我晚上就回来，等下我叫“高跟鞋”上来陪你。”孩子说，她说“我晚上就回来”，她没说我们，似乎明白毕斯先生只在意她，需要她。

毕斯先生抽了抽鼻子，把孩子放开，帮她系好下巴的帽绳。

“好了，去吧，听皇后娘娘的话。”毕斯先生嘱咐孩子。

“遵旨！”她朝毕斯先生鞠了躬，转身跑掉了。毕斯先生听见孩子在楼梯下咕咕咕地唤鸡，只唤两声她就跑出去了，她甚至连“高跟鞋”的影子都没见。下村去对孩子来说是一件快活事情。

毕斯先生隐忍的泪水终于滑落，他把两脚收到沙发上，把脖子夹在膝盖间，上气不接下气呜咽起来，瘦弱的双肩一耸一耸地抖动，几乎要背过气去了。

呵，天杀的，他多么怜爱自己的孩子、妻子、妇科医生朋友、“高跟鞋”、狭长的厨房以及里头的碗柜，屋里的一切的一切。他也想起他的堂弟，心里泛起一阵复杂的酸……不过，有他在，他就放心了。

他抽抽搭搭哭了大约一刻钟，然后止住了，慢慢从沙发上起来，佝着背进卫生间洗了个澡，特别洗了脚，他是汗脚，不过近几年已经很少出汗了，该排泄掉的水都沤在他的躯体里了。脚趾甲有点儿长，还好，不脏。他回到屋里，换了一身干净衣服，重新坐进沙发里，没费什么劲就给自己剪了脚趾甲。他埋头的时间稍微长了点，抬头时眼前黑了好长一阵子才慢慢变好起来。嘿，他居然发现“高跟鞋”又站在门槛上了，金鸡独立，够得意的。他瞧着它好一阵子，默默流泪。然后从沙发底下把那瓶白酒拿出来，倒上满满一杯，足有二两。他三十四岁了，还没喝过白酒，和岳父都没喝过，他有点儿愧疚。岳父酒量不错，至少该和他喝次把的。他小声哭了起来，端起酒杯，白酒的火辣气味差点儿使他呕吐，他强忍着，抿了一口，口腔里顿时着火烧般火辣辣的。他闭着眼睛慢慢咽下，那火辣辣的滋味顺着他的喉咙直达胃部，很快，他感觉整个身体都变热起来。他停了片刻，还好，没有呕吐，他又抿了一口，这口比第一口顺利多了。他慢慢饮着，泪流满面。这一瓶下去，足以使他已经千疮百孔脆弱不堪的五脏六腑迅速衰竭，血压也会绷破他的血管。他希望发生这一切时自己是在醉梦中，好歹算是真正喝了一回酒。

呵，这真是美好的一天！毕斯先生悲怆地想，上个月麦芳和他商量要把房子卖掉时，他就等着这一天了。他想了好几种方法，最后想到这种。妇科医生来过几次家里，每次都忘掉给他带酒，今天终于带来了，麦芳又正巧带着孩子下村，给他留下干点自己事情的时间，足够多的时间。堂弟也来，还有“高跟鞋”，该见的都见到了，这真是老天爷安排给的美好的一天，天杀的。

恍惚中他听到麦芳的惊叫，她是又折回来了吗？还有堂弟手忙脚乱地把他扛起。

“快，去医院！去医院！”

水果早餐

老代拎着空水桶，慢吞吞地走在欧景小区里。这是七月份一个中午十一点四十的时候。这个月份的老天像是被谁赖一笔大账似的，火性子暴烈，人被中暑索命的事常有发生，没有一个角落能让人舒畅地呼吸一口清凉空气。湿和热混在一起，人像待在蒸笼里，黏热得令人窒息。这是南方的夏天，令人难以忍受的酷暑，特别是中午这个时候，谁都不愿把脚迈出屋檐下。我们胖大的老代对热的恐惧更甚，静坐也能让他汗如雨下。他浑身上下的毛孔简直就是一个个小水孔，不断往外渗水，稍久坐，站起来时裤子屁股处一片汗渍，惨啊。老代趿着黄色塑料拖鞋，肥大的白色圆领 T 恤和灰色肥佬裤松松垮垮地挂在身上，尽可能舒服透气地穿戴。他总是这副模样对付整个令人生厌的湿热夏天。若是往常，他早就甩动两条肥腿救火一样穿越在烈日下，浑身松肉乱颤的，希望早一点回到店里。尽管店里也像蒸笼一样暑气蒸腾，但好歹是在阴处。他们的老板娘是个抗热能力极强的女人，所以他们那间经营桶装纯净水的店铺只有一架转动起来嘎嘎作响的吊扇。老板娘坐镇店里管收钱，汗水常常把她底色黑红但又抹过多白粉的方脸膛冲刷得一片狼藉。

老代是一名送水工，和一个满脸青春痘、什么都看不顺眼的愤青轮班。他从早上九点到下午三点，愤青从下午三点到晚上九点，狡猾避开一天中最热或者最冷的时候，对此老代并不介意，他是个心宽体胖的人。他们的国际桶装水店就在一个小区大门口外，服务包括欧景、丽园、麒麟三个小区以及周边上万户人家，蛮辛苦。底薪一千五，一桶水提成一块钱。假如不出意外，每个月五千块钱的工资是稳妥拿定的，特别是炎热如火的夏季。

老代像在深秋的夕阳里散步一样，缓慢走在烫得令人跳脚的水泥路面上，无视头顶如火烈日。他刚送一桶纯净水到一户人家里出来，他从未往这家送过水。他满脑子都是刚才那个女人的早餐，以及那个女人。没错，尽管是中午十一点半了，但那女人管那叫早餐。她显然刚起床，穿一身像蚊帐布般的白色薄棉睡衣，宽松大脚裤，背心式上衣，里头裹一件黄色抹胸。她站起来时，甚至能看见她平坦小腹上那颗深肚脐眼儿，穿得够凉快。平胸，长发，白脸光洁，神态慵懒闲散，优越感很强的慵懒闲散。屋里冷气开得很足，她安然若素地坐在客厅的茶几边吃早餐。家门预先是开的，留了一条缝隙，因此老代粗重的脚步声刚到门口，门缝里就送出一声柔软的“请进”了。老代肩膀上扛着水桶，汗流浃背推门而入，一股舒适得令人忍不住打战的冷气扑面而来，他很感激主人的善意——提前留门。有些人家往往得让你扛水桶站在门外等半晌，不知在里头忙什么重要活儿。老代进门时，看见如上穿戴的她坐在藤条椅子上，平胸上摊一把黑发，手里捏一把明晃晃的不锈钢叉子，正往一块淡黄色的哈密瓜上叉。她朝老代扬扬已经叉上来的哈密瓜片。“早餐！”她招呼说。老代心里怔了一下，似乎被什么东西撞了一下胸口。他边朝电视柜边的饮水机走过去，边瞟这位女士的早餐：一盘切片水果，有香蕉、蜜梨、苹果、哈密瓜、葡萄、小番茄、芒果，每种水果两三片，一大盘。假如是米饭，这位女士的饭量可是蛮吓人的。这就是早餐？老代一边换水桶一边想，他有些茫然。他的早餐一向是连汤带水该有一斤半分量的一海碗面条，讲究时也加上一个鸡蛋，更多时候是一把葱花末，几粒花椒。老代从未对他的早餐产生过质疑，认为早餐这么吃已经很不错的。他极少在外面吃米粉，不仅贵，关键是分量不够，三两米粉吃下去，老代送完两趟水，那碗米粉早就化成汗水从毛孔里跑得比兔子还快。就算他们那有个唬人名号的国际桶装水店铺的老板娘，也不过是牛奶加一块蛋糕，在老代眼里，算是讲究了，毕竟这娘儿们是城里人。水果早餐？老代的脑海中从未出现过这样的事情。另外，从一个苹果或者芒果上切下那么几片，余下的怎么办，白白扔掉，还是贮藏在冰箱里？老代脑海里马上出现一大盆被肢解的各种水果……他被这位女士的水果早餐弄得心神不安，险些连钱都忘记拿了，女士趿着软底段子鞋追到门口，蚊帐布下酒窝似的肚脐眼儿清晰可见，还有一股淡淡的水果清香味扑面而来，老代有种头重脚轻般的眩晕感，他有些不好意思地伸出汗津津的手接过十二块钱。

好了，老代好像有点儿发蒙了，水果早餐像一件麻烦且重要的事情降临他四十二岁的生命里，使这个胖子忽略灼人烈日。他在烈日下慢吞吞地回到那间杂乱无比的国际桶装水代销店。他和愤青多次建议老板娘把这个能唬得人肝颤的店名换掉，老板娘就是不肯，认为这店名很高端大气上档次。老板娘今天穿着黑色连衣裙，把腰间显而易见的赘肉遮去不少。其实她不老，按照老代的审美情趣，爱打粉底的老板娘正处于女人繁华丰茂的年龄阶段，三十八岁——女人多么风情的年龄段啊。她有不少黑色裙子，大概是为了有效的遮肉效果而购置的。愤青曾和老代很流氓地说："老板娘若是脱下那层裹尸布般的黑裙，那身丰腴的肉定像蜜桃一样酥软可口。"他说时目露绿光，极像饿极的小兽。老代不知道愤青是否已经破了童身，多半还是未开化，瞧他唇边那层淡黄的毛茸茸的胡须就知道，犹如女孩子手臂上那层淡黄色胎毛褪去，多半已经偷吃了禁果。老板娘显然是热得受不了了，叉开两条壮硕的腿站在吊扇底下，膝盖之上的短裙被撑得几欲爆裂，吊扇刮出来的热风得以乘虚而入。她涂着脂粉的方脸一如既往泛着分泌过剩的闪亮油脂。老板娘常常无视老代和愤青的存在，随便叉开两条肉腿，弄得愤青双眼无处可去，脸上痘痘一波未平一波又起。老代把空水桶码在墙角那堆空桶上，掏出送水钱放在一张小学生用的桌子上，老板娘管那叫办公桌。桌面惨不忍睹，小刀子刻画的男女不雅图铺天盖地，老板娘不知道出于什么想法，偶尔会斜睨研究半天。她看了老代一眼，有些惊讶。

“咦，你刚从冻库里出来吧？”她小心翼翼拿一张餐巾纸按在亮晃晃的油脸上吸油。老代莫名其妙地看她，然后往身上瞅：他的身上居然干爽无比，肥大的圆领白色 T 恤很平展地搭在他身上，一滴汗都没有。他心里略有惊讶，不过这能算多大的事儿呢？

水果早餐，嗯。老代在破藤椅上坐下，脸上是梦游般的表情。藤椅的底座被愤青的猴屁股磨蹭出两个小窟窿，从那两个小窟窿里漏出老代两坨软塌塌的屁股肉。

“挨骂了？哪个王八？我查一下来电，直接黑名单，以后就让他喝自己的黄尿吧。”老板娘口气凶狠，不过看老代的目光闪烁迷离。他们常常挨骂，有时候因为稍微晚一点；有时候是上帝们无事生非，嚷嚷价格又提了，黑店黑心黑肝骂上一通。天知道，他们的国际桶装水店开张到现在就没提过价。

“水果早餐，你吃过吧？”老代答非所问，问得有气无力的，不过他马上就觉察这问题纯属多余，老板娘的早餐一向在他眼皮子底下吃的。

“什么？”老板娘有些莫名其妙，绷着两条肉腿直直盯住他。

“水果早餐，早餐只吃水果。”老代懒洋洋重复说了一遍。

老板娘目不转睛地盯住他，老代面无表情，她看到的却是冷淡之下对她的轻慢发问。其实他早就灵魂出窍了，满脑肥肠里全是那盘水果早餐和那个以水果为早餐的女人，还有她吃水果早餐时的那种氛围：亮闪闪的叉子，素白的手，蚊帐布一样的居家服，黄色抹胸，肚脐眼儿，要命的氛围。老板娘慢慢回到她的办公桌坐下，裸露的双臂交叠在办公桌上，脸上的油脂似乎冒得更丰盛了，一片油汪汪的。一会儿老代忽然被一阵抽泣声惊醒，他惊慌地发现老板娘倚靠在墙上流泪，那张脸被泪水和因高温化掉的脂粉弄得脏污不堪、令人作呕。

老代从破藤椅上站起来，不知所措地望着老板娘。老板娘抽了张纸巾撸鼻子，干脆连脸一起抹了，上上下下打着圈儿抹干净，白纸巾沾满褐色的油腻脂粉，肮脏不堪，不过老板娘看起来倒是清爽多了，肤色黑是黑，皮肤质地还是比较细腻的。

“我待你不薄，你懂的。你干吗这样故意埋汰我？水果早餐，哼，我有那闲心吗？”她深深抽泣了一口大气，怨恨得跟什么似的看老代。

对于女人的眼泪，老代并不陌生，却无能为力。他搓着两只肥厚的手，显得很尴尬。如若往时，他早就大汗淋漓了，他是个稍微有点儿腼腆的胖男人。可是自从水果早餐毫无防备地撞进他脑子以后，他身上的所有毛孔似乎全都封死了，汗水生生被锁在他的皮肤之下，他内心火烧火燎般煎熬。

“我只是随便问问，随便问问嘛。”他口气温软。这温软使老板娘一阵心酸，眼泪又冒出来了。

“我家那个活阎王，你知道，我有口气吃饭就不错了。”

她的声音带着困倦，在那儿抹眼泪。

天真的很热了，一天当中最热的时候。外头的阳光存心要把一切融化掉，满世界白赤的阳光，看什么都得眯着眼睛，冷不丁阳光就把你的双眼灼得眼冒金星。热浪一波波涌进店里，闷热加上屋内凝滞混沌的空气，还有女人的眼泪，这一切使得老代一阵神思恍惚。

“好了，别哭了。”老代从饮水机里倒了杯水放在老板娘面前。这个女人也挺不容易的，儿子上初中，男人是泼皮，白天睡觉晚上小赌，在他的眼里除了钱再也没别的了。隔三岔五像个冤魂一样闯进店里来，废话少说：“给我钱。”好像谁欠他钱似的。不过他对老代和愤青蛮义气，也许他本性如此，江湖痞子的义气，上不了台面的。他会过来拍拍愤青或老代的肩膀，叹气：“唉，这日子谁都不容易混啊，你说是不是？”仿佛正受着扛不过的煎熬。他掏烟，给你点上火，很兄弟的样子。老板娘每次都给三五百，多是不多，但他要钱的口气和终日的混沌懒散使老板娘每次都歇斯底里发作一通，最后难免上演肉搏，空水桶被拳打脚踢弄得滚满地，老代和愤青是见怪不怪了，也不劝架，坐在边上看戏一样。两人打累了，拿钱的走了，给钱的站在店门口诅咒一番：被车撞死、被人捅死、掉水里淹死、便秘憋死，死法很多。老板娘很奇怪，你死我活打架时，受的拳脚再重她也不落泪，火上浇油般回击，她的丈夫是极少有占上风的，两人打了平手，女的眼角乌青，男的流一鼻子血。等在她嘴里死了无数次的活人带着钱和伤痕走后，她开始哭了，把她的愤怒、委屈、软弱、无助，毫无保留地坦露给老代和愤青，常常使他们尴尬得面面相觑。之后日子还是细水长流往下过，文火焚心般的，这样的情景老代看了好几年了。

老代给这个女人打了四年工，模模糊糊的，不是没感觉到老板娘偶尔在他身上流转的目光。冬天时，老板娘在店里烧蜂窝煤取暖，两个人拢在温暖的火盆边，毛茸茸的温馨情绪就跃跃欲试般在两个人之间蔓延。老板娘盯住老代宽厚的大手，每个手指头都有些皲裂，她伸过手来，带着炉火的温暖，轻轻拍老代的手："带一副棉手套嘛。"老代把手缩回来，婉转拒绝："男人不讲究那些。"她便翻出她的护手霜，强行帮老代抹上。老代的手于是一整天在凛凛寒风中散发一股令他心神不安的滑腻幽香。这使老代有些难堪，是真的难堪，无论如何，老代都欢喜不起，不是不想，而是不敢想。

这个白热化的中午，老代又送了数次水，他惊异地发现，他真的不出汗了。他脑子里盘旋着开了冷气的屋里，那盘色香味俱佳的水果早餐，心里凉飕飕的。下午三点时，愤青准时来接班，看见老代神情异样和老板娘湿漉漉的红眼，过去老练地拍拍老代的肩膀，一副心知肚明的神情：无非是他们天杀的男老板又来索钱了。老代闻到他身上一股被烤焦的糊味，望望店外暴烈的日头，还是走了。路过金三角菜市场时，老代鬼使神差拐了进去，出来时手里拎一只塑料袋，里面装着两个苹果两个梨子。

水果早餐，在老代的生活中如此陌生，这种陌生感催发出一种要命的沮丧情绪。不就是水果吗，他们完全也可以吃的，轻而易举就可以吃。行走在烈日下的老代这样安慰自己，然而依旧安慰不了这般情绪，沮丧情绪一直伴随他回到家里。

老婆阿兰在家，颇为俊俏的五官挂着恹恹欲睡的表情，两边腮帮子各带一坨红，浑身散发着劣质白酒的浓烈酒精味道。她又喝酒了，估计喝了不少。她常常喝，自己把自己干倒。老代还算幸运，阿兰喝酒后从不胡言乱语撒泼哭闹，还要装出一副清醒模样给老代做点清醒事儿，说些清醒话，不然老代的苦头可就够瞧了。老代奇怪的是从来没见过屋里有任何装酒的瓶子，也不知她是怎么把酒弄回来的。她醉眼蒙眬地躺在竹席上看碟子，套着老代宽大的白色圆领 T 恤，T 恤差不多盖到她的膝盖了，省去穿裤子的麻烦。整个炎热夏季，只要在家，阿兰总是这副穿戴，做饭、洗衣、搞卫生、喝酒，喜欢打赤脚，指甲下常淤污垢。她粗糙，烈性子，做事情永远像脚底下踩着风火轮，一百斤不到却常常在大街上能随便对稍微冒犯到她的，不管剽悍男人还是凶猛女人都破口大骂。老代有情致时，瞅着她那副女蛮人形象，还没宽衣解带就败兴了。况且她还常常醉酒，满嘴的酒气也把老代好不容易偶得的一点激情抹杀殆尽。通常是等到阿兰稍微有点儿女人样时，比如月底两人领到不菲工资时，她就浑身上下彻底清洗，用洗发水和沐浴露使劲搓洗，把自己弄得满身劣质化学香味，老代才逮到机会心急火燎地把事搞成了。别看这女人性子粗糙，一旦被老代结结实实压住，她就柔软了、温顺了、浓烈了，俊俏五官蒙着迷离神情，迷离里还有她粗粝性子的野性，老代这时候真是为她醉的。可是这种灵魂出窍般的时候毕竟少之又少，剩下的全是大段大段的满目疮痍，致使老代常常有种轻微厌世感盘旋心底。阿兰在家政公司上班，其实就是家庭保洁员，有活儿时公司来个电话，告知时间和地址。水桶，两条褐色毛巾，冬天时外加一副黄色乳胶手套就是她上工的全部工具。这活儿不固定有，有时一整天没活，有时从早干到晚，特别是临近传统节日，大家都希望过一个窗明几净的年，活儿就抽人转。收入相当可观，两个人加起来，月进一万不是什么奇事。他们从乡下来，进城打工，能挣到钱，蛮幸运的。

阿兰看见老代进门，摇摇晃晃撑起半个被酒精麻痹的酥软身子，带着酒鬼酒足饭饱后的惬意看他。她看见老代手里拎的水果，从竹席上骨碌爬起来，差一点滚下床，生猛动作拽起的肥大T恤之下底裤也没穿。老代奔到床边扶住她，把她往床里推。对于老婆喝酒，老代早就连说两句的心都死了。阿兰伸出胳膊，酒气夹着蒙眬笑意说："果。"老代摸出一个苹果，塞到她手里，连洗都忘了。阿兰凶狠地咔嚓一口，苹果立刻破了相。老代想到水果早餐，一阵轻微刺痛掠过心底，整个人突然被一股来势凶猛的厌倦感淹没。

"绿豆粥在锅里，没放糖。"阿兰咀嚼着苹果含含糊糊地说，一条手臂软软指向厨房。看来她今天没工，她只要没工上，几乎都与酒为伴，还能在喝醉之前把绿豆粥给老代熬上，老代该是烧高香了。绿豆粥是他们的夏季消暑饮料，阿兰管那叫饮料，少许绿豆，一大锅水，熬得稀巴烂。老代每天下工回来，一大海碗加一顿大睡，这么多年酷暑就消过去了。老代只点了个头，今天他不想喝。

"咦，你——从哪里回来？"酒醉的阿兰很不含糊，"刚从冻库出来？"她瞅着老代干爽的衣服，老代一把撸掉上衣，浑身的肉蹦颤着。

“没觉得热，今天工少。”他说，也在竹席上躺下来。今天，至少送了五六十桶吧，他在心里默算。

“呃，天气很好——”阿兰扳住老代的肩膀，摇晃着，摇不动，一边啃苹果一边胡言乱语。老代瞟了老婆一眼，看着蓬头垢面的她，他的眼前立刻出现水果早餐女人那身蚊帐布般清凉而好看的家居服。老代形容美好的事情通常用好看这个词，这衣服好看，这女人好看。他也会用漂亮，但觉得，嗯，这要怎么说呢？假如用味道来形容，漂亮就是辣，好看就是微甜，老代喜欢微甜，如今微甜的东西如此稀少，满眼是刺激人视觉味觉触觉的辣，因此这漂亮就普通大众了。

“我可真是累了。”阿兰呓语一样，手又伸向另外一只大苹果，老代闭上眼睛。她累，他知道。她们拖地板，不允许用拖把，一张湿毛巾跪在地板上一寸寸擦洗。不管她多累，多困，只要她不喝酒，只要老代不在家，她是不会躺下睡哪怕五分钟的。

阿兰有一种怪病，在睡眠中会停止呼吸。停止呼吸，你觉得是什么小事儿吗？要人命的。这种症状发生时，通常不管酷暑严寒，阿兰都会出一身大汗，整个人精湿得跟从水里捞出来一样，之后她的呼吸频率会慢慢减弱，胸口起伏几乎看不见，直至鼻下气息全无。好像出这么一身通透汗后，她打算舒坦的永世安眠了。老代夜晚的睡眠因此极像在一辆颠簸不止的马车上进行，习惯性久不久惊醒，醒来手伸向身边裸睡的阿兰，摸到一手的汗水，顿时睡意全消，灯都不拉，赶紧扳住她的双肩一顿猛摇，把阿兰摇醒，这一劫算是又过去了。醒过来的阿兰很气恼地一把推开老代，缩在墙角抽抽搭搭哭起来。她厌恶，厌倦，累，他知道。他又何尝不是。所有看过的医院都不知道这是什么病，更无从下手治疗，他们的月进一万就这样扔进无底深渊里。不发这病时，阿兰和健康人一样，例假都准得跟掐表一样。因此只要老代不在家，阿兰是不敢一个人睡的。生气失望厌倦时，阿兰也想趁老代不在时躺下一觉睡过去一了百了，可是通常生气那时候阿兰都像打鸡血一样亢奋，拆掉一栋楼解恨的心都有了，哪能安睡求死。而且这病也不是说来就来，一个月发那么两三回，往往是在她和老代相对黏糊时，安睡就来临了，病也就发得勤了，这时候的阿兰又舍不得死了。这使阿兰有种求生不能求死不得感，还有什么比这更令人灰心丧气的，酒精就这样神秘地缠磨上她了。这病也不知道影不影响孩子，他们连孩子都不敢生，一个家若有两个在睡梦当中莫名其妙停止呼吸的人，只怕老代一辈子都别想再合上眼了。阿兰这病也患得很宿命，是和老代结婚后才患上的，她觉得她这病是婚姻带给她的，这个婚姻是她命里的一个坎。阿兰除去上工，看医生，喝酒，余下的时间是热衷打听各路上通天下通地的算命大仙大神，企图他们能破解她人生里隐含的幸或者不幸的秘密。老代是个传统男人，娶妻生子天经地义，只是生活刷了他一把，把最底层的灰色放在他的生命中，不仅不敢生养，老婆还沦为一个令人快要绝望的酒鬼。他老觉得生活里有一个索命般的大坑，早早晚晚他会走到那个坑边缘，一声不响栽下去。他是无奈之后坦然，坦然之后空荡荡的心宽体胖，肥胖身体上流出来的蒸腾热汗之下是苍凉心境，这个，老代年复一年自己咂摸。但他一声不响装糊涂，不糊涂就过不下去了，没人知道这糊涂需要装多久，老代只知道只要阿兰还能睁开眼，看见第二天早上的太阳，这糊涂就得装下去。

可是，这个十一点半的水果早餐，它像一面令人憎恨又无法不正眼去看的锃亮镜子，一下子照亮老代生活里的嶙峋和荆棘，使老代无法再装糊涂，至少今天无法糊涂。

水果早餐？！隐含那么一点儿模模糊糊的诱惑，美好的诱惑，蛊惑并怂恿老代去做点什么事情，当然，这事情得是美好的事情。水果早餐，老代还在心里琢磨，眨眼间，几个水果已经被阿兰干掉两个，阿兰打着水果味和酒精混合的饱嗝摩挲老代结实的胸脯。

“怎么对我这么好，给我买果果？”比他还大一岁的粗糙的酒鬼阿兰撒着看起来相当古怪的娇。

“便宜，买一送一。”他懒洋洋地说。

阿兰在老代身上摩挲片刻，无趣了，坐在一旁卷着T恤下摆，卷到要害部位时又展平，证明她今天还没醉得神志不清。往时喝醉了，还会跳一把广场舞给老代欣赏。他们的租屋挺小，一房一厅，房租六百带破烂家具。住进来后除了生活用品没增添物品，属于拎包入住。这租屋，假若与人相比，也算是够大的了，阿兰去过几个工友的家，这样一房一厅的住两对夫妻，一房一对，一厅一对，脏乱不堪。两家人拼一起住时，大家都因为分摊之后变得便宜的房租满怀高兴，可住着住着，两家人就变成冤家了，相互嫌弃对方是懒骨头，共用的厨房和卫生间谁都不肯多动一根手指收拾一下，女人们还得提防自己的男人，怕他们的眼神一不小心多瞅对方老婆两眼。道不尽各种担心忧心，便宜的房租又在那里巨大诱惑着，真是要磨死人。老代和阿兰没有这种忧心，他们不用省钱，或者说不用那么费神去省钱，省钱的动力无非来自上有老下有小，这些他们都没有，他们挣的钱都扔到窟窿里，挣到就扔，挣不到，挣不到就挣不到了……老代和阿兰基本上都心知肚明彼此的想法。他们是真累了。

老代闭着眼睛，很安静地睡着。他人是胖，可是睡觉比猫还安静，除了呼吸有些粗重，呼噜是没有的，这大概缘于长年累月不敢安稳死睡的结果。阿兰摇摇晃晃地爬起来，从他身上爬过去，下床去卫生间了。他知道她又要淋浴了，开着淋浴头，整个人坐在卫生间地板上，让花洒喷出来的水兜头淋下。患上那神秘莫测的怪病后，她养成许多怪毛病，老代海纳百川包容下了，不然能怎么样呢？

在床上烦躁而压抑地躺半会，他翻了个身，坐起来，这个下午他睡意全无。屋里寂静、闷热，电风扇弄出来的热风带一股黏糊糊的菜叶腐烂的味道，一定是厨房里的垃圾忘记倒掉了，这活儿一向是老代干的，想到这儿，他几乎被心底喷薄而出的愤怒击垮了，胖手一挥，小电扇从床头椅子上滚到角落里。他盯住饭桌上剩下的两只果，走过去拿到厨房洗干净，水果刀破成片装在盘子里，端到饭桌边坐下，拿根牙签一片片挑着吃。没有冷气，夹杂浓烈酒精味的污浊空气，乱糟糟的屋子，地板上的明显鞋印，赤膊而裸露的一身松肉，酒鬼老婆，灰色调的日子，哦，糟透了。这一点点的好，稀薄的好，他都不可能拥有吗？不，至少得有些美好东西，滋润一下心底的苍凉吧。他从裤袋里摸出手机，发了个信息，在等待过程中，老代有种想抽打自己耳光的冲动，觉得自己愚蠢透了，夹杂没有自知之明要遭人耻笑的愚蠢，然而愚蠢里的渴望却如此强烈。还好，很快他就收到给予他信心的回信。老代心里渴望的那点美好东西，被租屋里难堪的境遇迅速发酵膨胀起来。

在这座城市生活六年，其实很多地方老代是没去过的，活动范围局限在租屋周边，国际桶装水店服务的几个小区，至于环球超市那种人满为患令人头疼的地方，还是阿兰押去的。触目皆是千篇一律的粗糙和被装饰起来的虚伪的细腻和华丽，质感不仅冷，而且有硬度。老代对于事物，包括人的赞美，就是好看，自然的好看，看着顺眼舒服，他几乎从来不用漂亮来形容他心眼里的美好东西。比如水果早餐，当然，还有吃水果早餐的女人，都是好看的，阿兰初嫁时也是好看的，只是阿兰的好看如此短暂，别处的好看于他又毫无关系。

老代把阿兰从卫生间里拖出来，给她换掉淋湿的肥大T恤，弄到床上，她很听话，很配合地给老代弄着，低脑袋，伸胳膊，老戴又给她换上一件肥大T恤，她一把扳住老戴的肩膀，重复每次喝多之后的那句丧气话："混蛋，给我记着，睡着了千万别摇醒我，听见没？"她喷着热烘烘的酒气，老代无奈地拍拍她的脑袋，说："好的，再叫你我就是王八。"老代把影碟机里的盘退出来，换一张恐怖片碟子推进去，这碟子里边有七八部恐怖片，够看一整夜。恐怖片悚人的音乐一响起，阿兰就安静了，她喜欢看恐怖片。老代钻进卫生间仔细洗了个澡，换上暗蓝色长裤和淡白色短袖衬衫，这拘谨装束使老代产生少有的庄严感，他安慰自己，会一样美好的，哪怕就这一次。五点半时，老代出门了，阿兰还带着醉意沉浸在绵长的恐怖片里。

蓝情调咖啡馆在深水巷。那地方老代去过，巷子最里头有一座老旧的基督教教堂。老代认识一对慈眉善目的老夫妇，日子过得极为安静。他们在三十五年的婚姻里生育了三个子女，这三个子女却在父母健在时因为疾病和意外纷纷撒手离去，对老夫妇来说是偶然还是一种宿命，这些偶然和宿命给他们带来多大的痛苦，不得而知。老代从没从他们的脸上看到过悲伤，当然，也许悲伤是不能够看出来的。每天他出工时，常常看见夫妇俩买菜归来。有时候看见新鲜蔬菜鲜嫩可人，他们会多买一把，碰见老代就塞给他，和气得不得了。

快要到达蓝情调咖啡馆时，远远的，老代就看见那座教堂，陈旧的棕色木门，在下午的阳光里显得古朴安宁。

老板娘早在咖啡馆里坐等了，老代发现她不是早上的乌黑装束了，换了件无袖齐膝淡蓝色雪纺连衣裙子，头发披肩而下，脸上也不涂抹脂粉，和老代一样，是修饰过一番的。这模样令老代吃惊不小，他没想到一向中性调子的老板娘居然这么清新，够不上用好看来形容，老代还是觉得和这样一位女士坐在一起挺自豪的。咖啡馆冷气开足，茶色玻璃给屋里制造了恰到好处的昏暗，老代心里动了一下，坐进柔软的布艺沙发里。

"早上，觉得你是开玩笑。"老板娘笑了笑，眼角的褶子明显掀起来，目光柔和。

服务员跟着上了一个水果拼盘，老代有些拘谨。

"我请。"他说。

老板娘好像并不在意谁请，一直盯住老代。

“早上，把你惹了，赔罪。”他开玩笑，有些紧张，他想弄得轻松点儿。

“怎么想到这个？”老板娘朝水果拼盘努努嘴。

“能怎么想，想吃嘛。”老代说完从牙签盒里摇出一根牙签，挑了一片淡黄色哈密瓜递给她。她接过去了，粗糙的一只手。老代心里泛起一丝怜惜，看她把一片哈密瓜轻轻送进嘴里，闭着嘴巴慢慢咀嚼。

“我知道的。”她轻声说，他朝她笑笑，把一片冰凉的西瓜送进嘴里，他相信她真的知道，他放心了，不用担心她会误解他对她有所暗示或图谋。

他们安静地吃那盘水果，享受人生中难得的片刻美好际遇。咖啡是一小壶蓝山，两人很少喝。水果拼盘很快只剩下几片火龙果，两人那模样确实很像只是来吃拼盘水果。老板娘招手叫来服务员又要了一盘。

“今天得好好吃你一顿，这几年你没少吃我的。”她笑着说。这是实话，每到节假日，老板娘会请他们吃饭，席间连酒杯都免了，直接拎啤酒瓶干，够豪爽。

“巷子尽头有座基督教教堂。”老代给她倒了杯咖啡，不知怎么地蹦出这句话，她放下牙签，抽了张纸巾擦嘴。

“我不相信那个。”她说，“我只活这辈子，没有来世，也相信人只有活这一生，没有往生。”

“你倒实在。”老代笑说。

“我不相信看不见的东西。”她说，“我们以前其实蛮好的，可人有时会被鬼迷心窍，他就是被鬼迷了心窍。”老代有些担心，怕她反问他的生活，赶紧挑一颗葡萄给她，她接过去了，很善解人意地不再继续往下说。他们很慢地吃着第二盘拼盘水果，有一句没一句聊着。老代着实找不到那女人吃水果早餐带出来的感觉，怎么可能找得到呢？就算老代坐在那个女人家里，拿着她的刀叉吃她盘子里的水果，也是找不到的，心境不一样，同样的水果吃出来的滋味千差万别，老代其实明白，只是那一点点稀薄的美好的感觉吸引他，令他难以克制。漂浮的音乐若隐若现，黄昏最后一抹夕阳退去后，两个人渐渐松弛下来，安静坐在已经亮起淡淡橘色灯光的咖啡馆里。恰到好处的光线和氛围暂时遮蔽了种种白天的尴尬与辛酸，老板娘把手伸过去，握住老代厚实的手掌，拨弄他小香肠一样粗软的手指。她的指尖很凉，质感很硬，是一只有力的手。老代很坦然地让她握着。他不是一个容易见异思迁的人，他为此时的坦然感到有些吃惊，可是，他着实觉得这样好，水果餐没有想象中的那么美好，但此时是美好的，安静，有一只健康的手信赖地握住他，他有一种握住满满的实在感，弥补掉水果餐的遗憾。就这样了，老代想。

“你关掉店门了？”老代问，问完便后悔了，问这些事儿干吗呢？

“呃，没关，小帅哥看着呢。”她轻声笑着，老代觉得她的笑有些异样。

“你倒信得过他。”他说。

“那天下午死鬼老公又打我，走后我拉下卷帘门，他把我打伤了，我的右耳朵有一阵听不见任何声音，我以为从此这边耳朵就要废掉了，我哭着，”她说，真哭起来，“不断叫阿山朝我右耳说话，真的很疼。”她抽抽搭搭地哭，老代心里的僵硬一点点软下来，把手从她的手里抽出来，取了张纸巾给她。

只是为什么要跟老代说这些，他宁愿不知道。

天完全黑下来了，窗外黑幽幽的人影来来往往，老板娘还在轻声抽泣，彻底毁掉了老代心里的水果餐的氛围。他想等一会她好了就回去，回去啊……老代心里涌起一股悲怆。这当儿，几个光膀子的混混冲进咖啡馆来，老代还没搞清楚是怎么回事，几个人已经冲到他们桌前，七手八脚架住老代把他弄出咖啡馆，老代挣扎着，大声质问要干什么，老板娘尖叫起来，冲上去拽住那几个混混，被一个绑马尾辫子的瘦子抱住了。

“嫂子，莫怪兄弟无理！”瘦子叼着烟说。

“屁，放开老娘，小心挨嘴巴子。”老板娘挣扎着。老代被他们像扔条麻袋一样结结实实扔到咖啡馆门外的地上。几个人很利索，一顿拳打脚踢，老代躺在地上两只胳膊肘子护住头脸，根本没有还手机会。

“哥们，咱明人不做暗事，挨揍也让你挨得明白。那是我们大哥的女人，你的老板，听见没？你饭碗里的米是他按月给你的。你不地道啊，晓得自己在做嘛？下次长点儿心眼，别说哥几个人不提醒你。”几个人边收拾老代边忙不迭解释。

“放屁！喝咖啡犯法吗？等我回家把那王八宰了。”老板娘怒火中烧叫喊着。那几个混混很义气，下手毫不含糊，为他们的哥们打抱不平。抱住老板娘的马瘦子安慰道：“嫂子回去怎么整哥我们几个管不了，这是大哥的意思。”老板娘撕心裂肺号啕起来，附近闲散的人仿佛得了便宜一样兴奋，围城一圈厚实人墙，却没能在暗淡的路灯下看清楚挨揍的人，只见一个胖子软塌塌躺在地上任人鱼肉，着实失望。

老代身上的痛从头蔓延到脚，弄明白挨打原因后，他突然真想结结实实挨一顿揍，痛快淋漓挨一顿痛，兴许能把憋在心里百爪挠心般但又道不出更泄不出来的难受劲疏个通透了。货真价实的拳脚毫不吝啬落在他身上，还好是夏季，混子们一律人字拖，力气硬但不尖锐，不然够老代受了。老代一声不吭地忍受，老板娘则气急败坏在一旁喊叫，那些拳脚倒像落在她身上了。呵，夜晚，闪烁着令人兴奋的危险光芒，以及疼痛者差不多麻木的淡淡哀伤。殴打大概持续了三分钟，哥几个见老代诚心诚意挨揍，倒是由衷对老代产生一丝痞子义气，抱住老板娘的瘦子吹了声口哨，“正义者”们方住手。这帮混混倒讲风度，下手前讲明原因，临走前踢了躺在地上的老代一脚告别：“别装死了，哥们没在要害处下手，大哥说了，念你平时干活老实，这次给你点皮肉教训，下次就是抽筋拆骨头了哇，走了啊。”说完打着口哨走了，老板娘被他们哥几像抬棺材一样抬走，一个女人徒劳的愤懑哭声把黑夜撕得满地碎片。

精力过剩的围观人群看见老代如此软弱，嘴里操了几次别人的娘，很快都怏怏隐匿进夜色里了。老代慢腾腾从地上爬起来，蓝情调老板出来了，半蹲瞅着老代。

“哥们，你们还没结账呢。”

“呃。”老代软绵绵回答。挺好的，浑身骨头还好好的，一块连一块，没有哪块掉链了，只是小腿大腿屁股后背肩膀火辣辣地疼，皮肉疼。

“哥们，你也太糊涂了，整上流氓泼皮的女人，活该你了。”老板无限同情，老代摸出钱包，在黑暗中递给他。

趔趔趄趄走几步，身体终于适应并接受那些疼痛，很快就能正常行走了。老代走在被初上的各色华灯包裹的深水巷里，朝巷子尽头走去了。尽头这一处分外安静，他坐在教堂门口，厚实的后背靠在教堂门上，黑暗中他的脸剧烈抽搐起来，一顿痛打并没把他憋在心里的可恨情绪打掉，这时候变本加厉折磨他，这个胖大男人终于悲切呜咽起来。

夜色和着他悲切的呜咽，变得浓稠起来。

老代回到租屋时差不多晚上十点了，开门进去时，一股夹杂着怪臭味的愈发浓烈的酒气热烘烘迎面扑来，看来阿兰又喝了不少。屋里灯也没开，电视机里的恐怖片闹腾得欢，绿惨惨的光芒把屋里染得活像恐怖现场。阿兰侧身朝里躺着，宽大的T恤卷到半腰，光着的下身沾满屎尿，老代进门时就从浓烈的酒气里闻到了。近半年来，阿兰越发酗酒成性，烂醉后屎尿拉得一塌糊涂。老代往往要趁她还醉得不省人事时帮她弄干净，等她醒后还要装作什么都不曾发生。但阿兰并不是真什么都不知道，往往每一次醉后拉腌臜，醒来过后几天她都会做了亏心事一样小心翼翼看老代的脸色，那样子着实让老代生不如死。但是过不了多久，她又旧病复发了。

老代没开灯，他害怕惨白灯光下袒露无疑的丑陋和难堪。他默默清理干净了阿兰，然后出门买了几个水果。

老代一面削果，一面想着阿兰醒了后可以吃。生活还得继续。

殇

甘蓝老太倚靠在厨房门框上，两脚一只在前一只在后，吧唧吧唧嗑南瓜子。这是一种懒散、舒适的姿势，放到一个五十八岁的老女人身上，便从皮骨里透出种老不持重的轻佻感。仅仅一年零三个月，甘蓝觉得她的妈妈老得厉害，双颊凹陷成为窟窿，一层失了水分的薄皮裹住快要戳破而出的额骨，染黑的头发在她的小脑袋上显得格外醒目。其实倒不如不染，黑扎扎的头发和她寡黄的脸色极不协调，看着让人有种头重脚轻感。不过，她的脸上倒没增添什么皱纹。她习惯昂着头，从年轻时风情万种的丹凤眼下斜视人（莫纳镇人称那神态为贼贱样儿），所以额头上一条皱纹也没有，那里的皮肤还瓷实着。但，她是真的老了，从皮骨从神态，透出来的暮气深沉的老。

她还穿了一身至少比她的年龄年轻十岁的衣裤，颜色鲜亮，质地粗劣，围着一条色彩斑斓的纱巾，上头印有不下十种小动物，爬满她的脖子。她一向都这么穿衣服，身上披挂的东西从来不少于三种颜色。从颜色到款式，老天在上，不仅丢人现眼还招人嫌恶。这种货色从来就不是本地的产物。

甘蓝正在做最后一个菜。今天是腊月二十三，这日子对这小地方挺重要的，是个小年。要清扫掉厨房，特别是炉灶上一年的积尘油垢，迎接灶王神，来年你的灶上锅里才有米有肉。她做了一个白切鸡，煎罗非鱼，油炸豆腐，还有粉丝芥菜汤，在大致一再坚持下，加了一个炖羊排，如今灶上正在做着的就是。她放了八角、老姜、大蒜、胡椒、桂皮，焖炒后倒了半瓶清酒和半瓢温水一起炖，锅盖下溢出来的香味渐渐溢满厨房。

前几天，莫纳镇一个熟人给甘蓝带来口信，说她妈妈要在灶王节那天来。这是甘蓝从莫纳镇嫁来县城一年零三个月后，她妈妈第一次来她家。有一列从南边开来的火车穿过莫纳镇和这个小县城，一路奔云南而去。一年前，甘蓝就是坐这列火车从莫纳镇来到这里，清汤寡水地把自己嫁掉了。莫纳镇和县城间隔九十公里，不算远，一年多来，甘蓝从没动过回去的念头。下午三点二十分，她的妈妈到了。

“那人看起来，嗯——”甘蓝老太磕着南瓜子说，探究似的瞧着女儿。她说的是大致，稍早一点的时候，是大致从小火车站上接她回来的。他开着拖斗车给人送家具，还得跑两趟才能回来吃小年的晚饭。他整天在集市上摆车给人拉货，只要给钱，从县城医院往乡下拉回死去的人也是有的。甘蓝老太和大致其实只见过一面，一年前大致和媒人乘着火车去莫纳镇相亲，几天后甘蓝就带着包袱来和他领证过日子了。甘蓝老太说了很多难听的话，称她是“叫了几十个春的猫，迫不及待地找‘棒槌’去了”。后来大致托媒人转给甘蓝老太五千块彩礼钱，才算平息她的怒气。

甘蓝站在火灶前，把土豆块放进快要炖好的羊排里，加了点儿热水进去。她瞧了她妈妈一眼，不知道甘蓝老太那声“嗯”是什么意思，但她没打算细问。跟大致生活的人是她，她没必要介意别人对他的评论，尤其是她的妈妈，她们母女俩无论在为人处世或对某一件事、某一个人的看法从来不一致。甘蓝嫁给大致没有任何嫁妆，甘蓝老太收到五千块钱彩礼后，也没给她添置任何嫁妆，五千块钱毫不含糊地落进甘蓝老太的口袋里，像是她卖掉一件东西后得到的款项。

“你到底看上他什么？”甘蓝老太见甘蓝没吭声，不过她可不会这么轻易放过甘蓝。

“他有什么不好？”甘蓝说。

“这样的人在莫纳镇不是比蚂蚁还多吗？何必来遭这个罪。”甘蓝老太撇一下嘴。甘蓝当然知道她的想法，她就近嫁掉，她的妈妈总能从她的锅里得到一口饭吃。不过，甘蓝介意的从来就不是这个。假如她没嫁到这里，甘蓝老太就是吃她一辈子，她也不会介意，她觉得自己的心肠还没硬到那个程度。如今她嫁掉了，情况就不一样了。

“谁说我遭罪了？”甘蓝顿时绷紧了脸，甘蓝老太一下子怔住了。她看见甘蓝一直被头发遮住的耳垂上，戴着一副亮闪闪的金耳环。那是个让甘蓝老太既痛恨又痛心的习俗，但凡出嫁的女人，当丈夫的要给妻子打一副耳环，没有金，最不济也得戴副纯度极高的老银耳环。一对耳环，让女人有了为人妻的自豪感，甭管以后的日子是如何鸡飞狗跳一地鸡毛。

甘蓝老太一生没哪个男人给过她一副耳环，甘蓝觉得那是她自找的。

“真金的？别是假的吧。”她盯住那耳环，有些犹豫地说。这一年多来，她发现甘蓝长得开了，眉眼圆润，神色朗朗，脸上有种为人妻的不可侵犯的端庄和稳重。莫纳镇上家底殷实的体面人家的媳妇们都这般姿态。甘蓝老太对她们是满腔的嫉妒和恨意，她跟她们说话总归还是要留点儿分寸的。“这东西莫纳镇有卖，镀一层金粉，二十块钱能买两个戒指，戴一阵子就发黑了。”

“嗯，假的。”甘蓝顺着她说。砂锅里的汤汁煮开后，都快溢到锅边了，她从锅里舀出来半碗汤汁。

“看起来……倒像是真的。”甘蓝老太说。这就是她说话的方式，甘蓝太熟悉了。甘蓝老太一生大部分的时间，就是放在争强好斗上。她过来端起甘蓝放在火灶边那半碗羊排汤汁，回到门边响亮地喝起来。甘蓝很难堪，但她不能劈手夺回汤碗，她不愿意和她起任何争执，这里可不是莫纳镇，再也不是以前的生活了。她庆幸大致不在家，让他见到这样的岳母，简直能让她臊得抬不起头。她不知道大致刚才见到她妈妈这身打扮时，心里是怎么想的。大致人心一点不坏，甘蓝可以保证，但他有点儿喜欢打趣人。比如入冬以来，甘蓝老爱穿一件亮蓝色的薄棉袄，他叫她小蓝花菇母鸡。

小花菇母鸡？嘿，小？甘蓝四十岁了！没错，她的妈妈才五十八岁，事情就是这么荒唐，她这辈子不能指望知道她的父亲是谁了，很多人都暗地里说甘蓝长得根本不像本地人，这或许是真的。这件不太体面的事情，像一块难看的补丁，嵌在甘蓝的生命中。她的生命中，这样难看的补丁很多，全拜甘蓝老太所赐。

“他没对你动过手吧？”甘蓝老太溜着碗边喝汤，声音响亮。甘蓝俯身在碗柜边，想找一个比较大的碗装羊排。

“为什么他会朝我动手？”她扭过头奇怪地看甘蓝老太。她似乎很饿，也许是很久没喝过这么美味的汤了，一直不停地啜着碗边喝汤，那可是连盐巴都还没放的汤，那样子真是太难看了。

“他不是杀人犯吗？这样的主儿能有什么好德性。”甘蓝老太好斗的性子上来了，甘蓝这回可不想含糊过去。

“他怎么成杀人犯了？发生那样的事情，依你看他要蹲在旁边拍手称快？”甘蓝生硬地说，她的脸上有一种甘蓝老太极为少见的狠劲，没错，那狠劲是对付她的。甘蓝老太立刻想到莫纳镇上那些体面媳妇们平时对她的姿态，她怔了一下。

“不管怎么样，都不能拿刀子捅人家的。”甘蓝老太声音软了下来。

“我觉得没有什么不对，保护家人没有什么不对，只有畜生才会眼睁睁看家人遭祸害！”甘蓝说，她从碗柜里取出一个蓝色的大瓷碗，碗里有一把不锈钢饭勺，她生硬地将饭勺摔回碗柜里。甘蓝老太啜碗边的哧溜声音停了好一会儿。

大致坐过五年大牢，他去相亲时，把这一点说得清清楚楚，甘蓝就是看上他这一点的。有一阵子，甘蓝甚至暗暗感谢他那没福气的妻子，早早离世，把这个男人留给了她，这对甘蓝来说简直如中了大奖。

“啧，瞧你巴心巴脑护他的心劲，大概是他把钱袋子给你把着吧？你真有本事。”甘蓝老太有些专横地说。

“我们没有钱！”甘蓝说，把切好的狗肉香菜放进砂锅里，然后关掉煤气。狗肉香菜只需要借助滚烫的汤汁烫一烫就成。这佐料菜也不一定要吃，要的是它的香气。甘蓝真想告诉她，大致一年前给她的那五千块彩礼钱，直到前两月他们才还掉。最终她还是没说，她觉得那和甘蓝老太无关，这家里的桩桩件件，没有哪一件和她有关，假如可以，她也不希望自己再和她有什么关系。她让她有一个遭人耻笑的出生，虽然养她到十三岁半，但甘蓝也养了她二十五年。全莫纳镇的人都看得清清楚楚，看不见的地方，只有甘蓝懂。甘蓝觉得不欠她什么。

甘蓝老太疑虑重重地看自己的女儿一眼，不过她还是相信她说的话。甘蓝一年到头叫她“妈”的次数屈指可数，可她知道甘蓝不会对她撒谎。

“哼，可真是嫁了个好人。”甘蓝老太嗤笑起来，她把喝光汤汁的碗放在小饭桌上，转身回到狭小的客厅。她一眼撞见自己的大包袱醒目地立在旧沙发上。这个狭小的客厅倒是一应俱全，当然，全都是陈旧的。沙发，茶几，电视柜，供神像的小矮柜，储物柜，这些家具的颜色也不统一，沙发是黑褐色，茶几是暗红色，电视柜是淡黄色，神像柜是猪肝色，门锁坏掉的储物柜是米色。客厅一扇朝南的小窗户上挂一张淡蓝色的厚实棉布窗帘，装饰着好看的淡蓝色蕾丝花边，这算是这个小客厅里唯一让人赏心悦目的饰物——当然，这是甘蓝的拿手活儿——甘蓝老太只给她念到初二便把她的课本和书包一把火烧掉了，扬言她只能给甘蓝吃的穿的，别的想都别想，十八岁后要嫁人要寻死都由甘蓝，只是别想着再从她的锅里吃白饭了。实际上，甘蓝只在家闲了半个学期，就开始跟随镇子上的老裁缝，一个生了三个儿子，却全部在青年时早亡的不幸女人学手艺。从十四岁到三十八岁，甘蓝从家到裁缝铺，从裁缝铺到家，少言寡语，目不斜视，永远穿只露出脖子以上和手腕脚腕的衣裤，给女裁缝当小工挣的钱每月都被甘蓝老太提前支走。应该说从十四岁开始，甘蓝实际上一直在养母女两人，甘蓝老太从没做过一件正经的营生。后来女裁缝死了，甘蓝和两个女工撑下那个裁缝店，她才有机会攒下点儿私房钱。也就只够她在结婚时给自己添置一套新衣服，一双半高跟淡蓝色软皮鞋，两床缎面被子。她本来打算让大致省下买耳环的钱，给她买一台缝纫机的，但大致说给她的首饰一定要买。后来大致在二手市场上给她买下一台半新电动缝纫机。甘蓝在旧市场上租下一间只够摆下缝纫机和一把椅子的偏铺，重新拾起手艺。生意是时好时坏，城里人如今不太穿裁剪的衣服了，只能捡点儿剪裤脚改裤头换拉链的活儿。不过再也没有人从她那儿盘去生活费了。当然，新家的开支也不少，但大致承担了大部分，而大致见天摆车，也不是天天都能揽到活儿，家里的开支她也需要分担。当然，甘蓝没什么好抱怨的，总的来说，在这儿再怎么艰难，她也不会怀念莫纳镇的岁月了。

快要四点了。今天天气好，晴朗，风还有点儿冷，不过绝对不会影响到户外活动。甘蓝从厨房窗子往外看，不远处的河边有不少女人在洗刷锅灶、衣裳鞋袜，以及能搬得动的脏家具。这一带户区的主妇绝不会浪费自家水龙头里的水，全都拖到河边清洗。炎热的夏季，连家里的男人和孩子都会被勒令到河边洗澡。甘蓝盯住岸边一群叫嚣戏耍的孩子，瞧着他们比赛往河面上飞石头。河的对岸是一片收割后的稻田，那边也有一群孩子在叫嚣。不过，河那边的孩子是地道的农村孩子，而这边，嗨，那些城中心的人根本不承认他们是城里人。岸两边的孩子们，有时候不知道什么原因隔岸对骂。这边的孩子叫那边的孩子为土豆仔，那边的孩子称这边的孩子为白粉仔（乡村人老觉得城里的孩子坏得流油，那种五毒俱全的坏）。有时候能骂上整整一个上午，直到白粉仔们的妈妈叫他们回去吃饭，土豆仔们便隔河振臂欢呼，称白粉仔是落荒而逃的瘟狗。

两岸的人们世世代代这样居住着，但从来不能友善相处，永远隔着一条河。这真像她们母女，她觉得她们母女之间也隔着一条河。

甘蓝希望大致能早一点收工回来，她透过厨房门朝客厅一面墙上的挂钟看了一眼，最好不要超过五点——她看见她的妈妈如今正剥茶几上的盐水花生吃，嘴巴一刻不闲。她真希望大致回家后她稍微收敛点，有个长辈的样。

“妈——”客厅的纱网门被猛烈撞开了，一个穿得圆乎乎的五岁左右的男孩破门而入，怀里抱只哼哼唧唧叫唤的棕色小奶狗。他对客厅里的老太毫不在意，抱着狗一步不停冲进厨房。甘蓝老太吃了一惊，目光盯在孩子背后，孩子一下子闪进厨房里。

“妈，快给狗吃点东西，它饿得走不动了！”孩子在厨房里叫嚷起来。

甘蓝老太是知道大致有个孩子的，只是情况好像不是这样，她起身又回到厨房门口。

“哪儿来的狗？”甘蓝从孩子怀里拎出小狗，狗还很小，小小的身子不停微微颤动，怕冷似的。

“奶奶给的。”孩子说，他回头瞧了一眼厨房门口的甘蓝老太，目光和神情仍是毫不在意的。

“汤还没好，得等一会，这么小的狗可不能给它吃骨头，会胀死的。”甘蓝说，她也看了一眼门口的甘蓝老太。

“得给他吃点东西呀！”孩子不依不饶。

“拿汤水泡饭给它吃就好，但得等一会儿。喏，这是，外婆。”甘蓝对孩子说，把狗还给孩子。

孩子抱着小狗扭头看甘蓝老太，然后目光盯住她爬满小动物的鲜亮围巾，突然往甘蓝身上一靠，靠在她的大腿上，小狗被挤压得叫起来。

“叫呀，叫外婆！”甘蓝软声劝孩子，孩子把目光拉回来，垂着脖子看怀里的小狗。

“得了。”甘蓝老太说，“连我都臊得慌！”她的目光一直盯住孩子。孩了一直垂着头，耳垂不知是不是被冻着了，红彤彤的，但他穿得可不算少。

“你去找一只纸箱，把狗放好了，房间的床底下有一只，你去找一找。”甘蓝哄着孩子，孩子看了一眼厨房门口，又低下头。甘蓝老太往旁边挪了一下，孩子抱着狗飞快跑掉了。

“就是那孩子？”甘蓝老太盯住甘蓝，“妈都叫上了，当初可不是这么说。”

“后来我们去他外婆家领回来了，大致放心不下孩子。”甘蓝说。

“领回来了？领回来叫你妈给你养？”甘蓝老太恼怒起来，“你总有一天会知道的，你领回来的是只白眼狼，最后你什么都别想指望他。”

“我没想指望他。孩子妈没了，当然得跟着爸。”甘蓝说，她开始把砂锅里的土豆羊排倒出来。

“那是他们的事情。好哇，又想着自己的被窝舒服，又想着别人帮你养孩子。那些牢饭他是白吃了？他到底知不知道自己几斤几两？还是觉得我们乡镇人好欺负？”甘蓝老太愤怒地说。

“依你看是不该养？最好也别让孩子知道他还有个爸？”甘蓝说。话一出口，她就轻微地打一个激灵，她飞快地看了一眼甘蓝老太。

“我看我也是养了只白眼狼。”甘蓝老太冷哼一声，“含辛茹苦养大的女儿不管自己孤苦伶仃的老妈，倒是跑来帮别人养孩子，我看我才是最大的冤大头！”

甘蓝心里哀叹了一声，她原本以为她的妈妈会有所难过，为她十八岁的轻佻和鲁莽犯下的过错而难过，但妈妈的表现还是让她觉得自己对妈妈的了解太少了。甘蓝从来不认为这个把来往于莫纳镇做边贸生意的流水般的男人睡了个遍的女人是好女人，更无法谈得上她是个称职的母亲。她像养一只猫狗般养着甘蓝，随意带各种南腔北调的男人进入她们家里。她不愿意外出工作，只从各种男人那儿得到各种各样的生活用品，当然，还有钱。甘蓝觉得耻辱，妈妈给她带来的耻辱。然而能怎么样呢？她们是亲人。甘蓝沉默着，她有口无心的话伤不到她的，所以她沉默得很坦然。她把砂锅清洗干净，收拾灶台。假如可以，她真希望莫纳镇的岁月能像灶台上的污迹一样——能抹掉。

客厅的纱网门又再一次被打开，但甘蓝知道不会是大致，因为她没听见拖斗车的声音。甘蓝越过妈妈的肩膀，看见一个戴黑色毛线帽的老太走进来。

“沙子！”老太叫了一声，迎面和甘蓝老太碰上了。躲进房间里玩狗的孩子探出脑袋，很快又缩回去，算是和她打了招呼。

“这是亲家母吧？”老太提了半篮子大青枣和一些糕点，冲甘蓝老太打招呼，“今早大致说亲家要来，我一直忙灶头上的事，也没能早点儿过来。”

甘蓝的脸一阵发热。她的妈妈从来就不知道这些场合的礼数，天知道她会口无遮拦地说出什么来。她倒是希望来的人是沙子的爷爷，她相信她妈妈更擅长和男人打交道，可惜连甘蓝都没见过老爷子。一阵难堪和深沉的悲哀突然而至，甘蓝喉咙一阵发紧，她真希望大致能早点回来。

“也是刚到的，凳子还没坐热呢，大致这孩子真有心，亲家母可好？”甘蓝老太边说边解下鲜艳的动物纱巾。甘蓝把两个老人请到沙发坐下，那个巨大而醒目的包袱被堆到了沙发角。甘蓝不想碰它，更不能把包袱提到房间里。她叫孩子出来陪奶奶，可孩子始终不愿露面，颠三倒四地和小奶狗说些令人发笑的话。

“沙子喜欢那狗，我就给他抱回来了。有个玩伴，他就不会整天缠磨大人。五岁的娃，鬼见都愁死的。”沙子奶奶说。

“那孩子，闷嘴葫芦的，好像怕生。”甘蓝老太说，甘蓝难过地瞥了她一眼。

“沙子，出来，别像小耗子似的躲着，出来见外婆！”沙子奶奶大声朝房间喊道。

“我有外婆！”孩子从房间里甩出来一句话。

“孩子还小，别逼他。”甘蓝说。

沙子奶奶抱歉地看了甘蓝老太一眼，从篮子里掏出青枣给甘蓝老太。“亲家母别介意，这孩子是个慢性子，甘蓝刚来那会儿，大致去他外婆家接他回来，他死活不肯见人，如今小半天不见妈妈就急得要咬人了。”她说。

“只怕到头来也养不熟的。”甘蓝老太说。

“哪会呢，孩子也是知道好歹的。我们家的孩子，都不糊涂。”沙子奶奶说。

甘蓝进了厨房，她还需要做个作料碟，大致喜欢吃酱蒜辣椒。很快客厅里就传来沙子奶奶永远也讲不疲的关于大致的那件事情。她简直把这事儿当成他们家一件体面事情来讲了。

“要说那件事情，我觉得我们家大致做得对。这里的每个人没人认为大致那五年牢坐得不值。我们家那媳妇……沙子的妈妈，那时候还没沙子呢。长得还不赖，一个下流坯子有天趁着天黑，沙子的妈妈在河边洗衣裳时，居然过去就把人按在河边上，长着一副人皮，干着畜生的事情。我们家大致赶到了，给了他一刀。我觉得这没什么不对的。亲家母，你说这样的事情，能怪我们家大致么？”沙子奶奶兴奋地一口气把光荣事件讲完，着实憋了一口气。

“后来，沙子的妈妈，是怎么没的？”甘蓝老太显然没那么兴奋。

“要说那个人，我倒觉得她心地不坏，就是个多事的命。能说大致不是因为她才坐牢的吗？沙子的爷爷就因为那件事情，血压一高，脑袋出血要了他的老命。我那老头身体平时没什么毛病，六十多岁的人了，百八十斤随便撂到肩膀上的……我们算是开明的人家了，也没怪她。大致出来后，生下沙子，不到两岁，一场感冒要了她的命……感冒，像开玩笑一样，我从小到大，哪一年没感冒过几回，要我说她就是命里带凶，要了家人的命，最后要了自己的。”

“呃，这倒是个扫帚星的命。”甘蓝老太说。

沙子奶奶一迭声附和。

甘蓝有些烦，她不希望陈年的旧事在她的生活里再度泛起。大致其实也很讨厌那段过往，几乎没怎么说过，在这一点上，夫妻两人很默契，齐心地要把日子往前过。想到大致，甘蓝波动的情绪稍稍平复下来。大致不管遇到什么事情，总会拍拍她的手臂说：“多大的事情，有我呢！”尽管有时候她知道他也许也解决不了。他总是想尽办法使不富裕的日子尽量过得平静一些。他们结合得很仓促。她记得她来到县城那天，他兴奋得语无伦次，做什么事情都小心翼翼，担心哪儿做错了。反正不知道手脚怎么放才好。一直到吃过晚饭，他母亲和弟媳妇离去，他试着拥抱她，还有些惊恐的样子。当然，很快，他便野蛮地要了她。她一直感觉不怎么好，有些抗拒情绪。大致费了一番心思，她渐渐变得好起来，这让大致非常惊喜。她觉得她一个人走了很远很苍凉的路，终于到达一个让她放心的、有温暖灯火的地方。于她而言，大致就是这样的地方，她生命的归宿。她不介意沙子，甚至不介意是否有自己的骨肉，在这一点上，甘蓝相当想得开。

两个老妇人继续交流些命运方面的见解，这个话题相比东拉西扯让甘蓝放心。她们说的都是自家孩子小时候如何天赋异禀、异于常人，大了后却长残了，志也没了。甘蓝老太这次倒变得极为聪明，说得极少，像一位厚道的倾听者。甘蓝在心里暗想，是的，她还能有什么可说的。

甘蓝把酱醋辣椒倒进锅里。那是指天椒，辣椒品种里顶辣的种类。正当她被辣椒的辛辣气味熏得泪眼模糊的时候，沙子的奶奶在厨房门口说她得回去了。

“那就是挣个巧时间的活儿，人家吃的时候得忙着。”沙子奶奶说。大致的弟弟和弟媳妇开了一个卖活鸡的铺子，不仅卖鸡还杀鸡，节日时往往从早操刀到晚。今年中秋节时，甘蓝去帮拔了一天鸡毛，直到月上中天，他们才吃上晚饭。

沙子奶奶坚决谢绝甘蓝的晚饭，她说两个孩子在家，这时候说不定上房揭瓦了。甘蓝老太便送她出了门，大概在她们出到巷口时，甘蓝听见大致拖斗车的声音渐行渐近。她赶紧把作料倒进碟子里。想了想，又炒了一碟花生，沙子喜欢吃，睡觉时也往口袋里装，在被窝里像只老鼠脆生生地咀嚼。

甘蓝觉得自己的情绪始终无法像往日，像大致所说的“一只在偷偷快乐的平静的小花菇母鸡”——天知道他怎么看出来她在偷偷快乐，她觉得他有点儿神奇。大致辛苦养家，一日三餐多半时候不能吃完整，甘蓝不希望大致回家时看到一张布满愁云的脸。

大致把拖斗车停在巷口，他们的家在巷口稍后一点，倒车实在不方便——她居然看见她的妈妈快步上前试图和大致肩并肩走，脸上是甘蓝再熟悉不过的表情，只要是男人，她永远是笑容满面，捎带点讨好，眉眼带种使甘蓝厌恶的轻飘味儿。她把花生倒进深口碟子里，大致一步跨进厨房，脸上一片油亮。中午他接甘蓝老太回到家时，担心回来太晚，他连午饭都没吃就出去了。他穿着一身旧迷彩服，淡蓝色的秋裤稍稍露在裤脚外。甘蓝告诉他，要把秋裤扎在袜子里，他总是忘记。

“好了吧？”大致搓着双手。他长得很魁梧，狭窄的厨房顿时被塞得满满的。要是平时，他的手早就挨到甘蓝身上任何他喜欢的部位了。只是现在甘蓝老太就站在厨房门口。

“爸！”沙子不知什么时候站在甘蓝老太的身后，怀里的奶狗似乎睡着了。甘蓝老太堵住了他的路，她不甘心地从厨房门口挪开，回到客厅的沙发上。她坐的角落正好可以穿过厨房门看到甘蓝。她的目光带着深深的探究和一点儿羡慕？这使得甘蓝老太脸上的神情看起来既严肃又苦巴巴的。

大致一把把孩子和小狗抱进怀里，三个人挤挤挨挨拥在厨房，大致在甘蓝的腰上捏了一把，甘蓝老太看得一清二楚。她像挨烫般猛地闭上眼睛。这种家庭氛围让她感到好奇和愤懑。

“好了，都出去，洗洗手就能吃饭了。”甘蓝说。

大致把孩子放下来，孩子劈手就从小矮桌上的菜盆里捏了一块鸡肉给小狗。

“今晚我喝两口？”大致在洗菜盆里搓手，盯住甘蓝手里那碟油亮的炒花生挤挤眼。

“不行，今晚你还得出次车。”甘蓝一口回绝，“要喝回来再喝。”

“呃，老板娘替我揽下活了？”大致甩着两只湿淋淋的手，很惊讶。有些主顾在街上找不到大致，就会上门来，他们称甘蓝为“老板娘”，留下运货时间和地址，让她安排“老板”出车给他们运货。“老板娘”有时候正带着袖套搅拌一盆鸡食，拖鞋面上污迹斑驳，浑身上下没有一处和“老板娘”匹配，“老板娘”常常哭笑不得。

“反正不能喝！”甘蓝说，把菜端到客厅的饭桌上。

“煮一碗鸡蛋汤给我吧。”甘蓝老太说。甘蓝看了她一眼，发现她居然有点儿可怜巴巴地瞧着她，这真是少见。

“有鸡汤，行吗？”甘蓝瞧着她。

“唉，我就想喝一口鸡蛋汤。”甘蓝老太固执起来。甘蓝只好返回厨房重新开火起锅。

沙子还蹲在地上伺候瞌睡得快要睁不开眼的奶狗，缠着大致帮他把奶狗的嘴巴弄开。

“听说——”大致站起来，贴着甘蓝神秘而小声地说，“你谈过一个当兵的？”

甘蓝立刻明白，在从火车站回来的路上，甘蓝老太嘴巴一定没消停过。她不知道她都说了些什么。

甘蓝迅速瞥了大致一眼，往碗里打鸡蛋。“大致，你这人有点儿傻。”她说，“你是铁定要抱着烂棉絮一样的往事过日子吗？”

“没有。”大致叉着腰说，“好奇嘛！”他双眼亮闪闪地盯住她看，她熟练而快速地在碗里搅拌鸡蛋，把蛋液倒进锅里。

“那哪叫谈，我们连手都没拉过的。”甘蓝说，把鸡蛋倒进烧开的水里。

“手都没拉过？”大致打趣道，甘蓝分明听出他的话里有点儿嫉妒和迷惑。

“是的。”甘蓝斩钉截铁地说，锅里的开水很快泛起蛋花。

“不对吧？”大致用手指戳戳她的腰。甘蓝像是突然被人当头给了一棒，一阵尖锐的疼痛从心里猛烈泛起。她惊愕而愤怒地盯住大致，泪水很快模糊了她的双眼。大致眼见她的脸一寸寸变得通红起来。

“你想说什么？”甘蓝带着哭腔问他，声音几乎被哽住了，整个人是神形涣散的神态。

大致吓了一大跳，他没想到甘蓝反应如此激烈。

“我只是……随口问问，往事，调侃一下嘛。”他小心翼翼地说，替她把煮开的蛋花汤倒进碗里。甘蓝迅速用袖子蹭了双眼，把电饭煲端了出去。

饭吃得很沉闷，沙子紧紧挨着大致。即便平时再亲，到了关键时候，他还是分得清谁才是最亲的人。大致一脸懊悔，他不断给甘蓝老太夹菜，甚至建议她喝一点雕花酒（那是一个阔绰的雇主送他的，为此他少收了雇主一趟车钱）以此来缓和尴尬的气氛，但甘蓝老太谢绝了。甘蓝在饭中几次流泪，泪水冷不丁就从她脸上滑落，跌进她的饭碗里。那模样像有一件极为伤心而痛苦的事情在一阵一阵折磨她。甘蓝老太边吃边警惕地瞧着女儿，仿佛甘蓝是个随时对她有危险的人物。对于突变的气氛，她什么都没问。甘蓝知道她不会在意的，她从来不曾试着去理解自己的女儿在想什么，需要什么。她从不曾给她美好而温暖的母爱，也不曾为她树立任何良好的言行，更别说像别人的妈妈那样，会刻意帮女儿培养将来结婚生子必须拥有的品性。甘蓝和这个世界一草一木的感情，与人交往的规矩和分寸，大部分来自那位可怜的老裁缝的言行身教。而和她血脉相连的妈妈，她们彼此始终都是陌生的，一种摸得到的冷冰冰的陌生。

小年的晚餐在令人不安的压抑中结束了。收拾完碗筷，甘蓝吩咐大致送她的妈妈去火车站。

“八点十分有一趟从云南过来的火车，妈妈可以搭这个点的火车回莫纳镇。”甘蓝说。

大致惊愕地看着甘蓝，又看看岳母，甘蓝老太正打开包袱的手僵住了，她盯住甘蓝，而甘蓝并未看她。

“去吧，去发动车。”甘蓝瞟了一眼墙上的挂钟，“现在七点二十，来得及，去吧。”她不容置疑地说。

沙子立刻跳过去拉住大致的手，要跟爸爸一起出去。大致迟疑了一下，出门了。

“你回去吧，妈妈。”甘蓝盯住那只大包袱，“你还是回去吧，我好不容易离开莫纳镇，好不容易有自己的生活。”

“我没责怪你，但我始终忘不了那件事情。”甘蓝把目光从包袱上挪开，盯住她的妈妈。

“那个混蛋！”甘蓝老太咕哝一声。

“我倒觉得不是他混蛋。假如你不同意，他也不会进入我房间的。”甘蓝冷冰冰地说，“你得到什么好处？他们说过他要和你结婚，是这个好处吗？”

“瞎说！”甘蓝老太一口否定，苦巴巴地瞧着甘蓝。

“不管是什么，不管你得到什么，我觉得当妈的都不应该这么做。那时候我才多大？十五岁？不，应该是十四岁零八个月，我记得很清楚。那时候我什么都不懂，而你懂，你也懂得那样做会对我造成什么伤害。我真不知道你得到什么好处？！”她的声音颤抖起来。

“都那么久了，那件事情就那么重要吗？”甘蓝老太凶巴巴地说。

“当然重要！”甘蓝说，声音里透出愤怒，她极力忍住快要夺眶而出的眼泪。

“你走吧，这里不会成为你落脚的地方，我会每月给你寄点钱，但不会很多！你走吧！”甘蓝盯住那只巨大的包袱，泪水终于夺眶而出。

七月流火

阳光从深紫色的窗帘透进来，有种灰扑扑的幽暗。窗帘已经挂有五年了，小雅和姐姐都没想过要拆下来洗一洗。原来是蛮厚实的，毛巾一样厚。不仅是时光，阳光也是一把杀猪刀，把窗帘杀得薄脆不堪。近一年来，这张可怜的窗帘又被矮个子男人当抹布擦手，窗帘愈发显得面目可憎了。小雅不明白，厨房和客厅都有擦手的干净旧毛巾，该死的矮个子男人为何总喜欢往上头擦手。小雅很恼火，因为窗帘就垂挂在她和外甥的床边。矮个子男人迈着两条粗短的腿脚，边甩两只手边朝小阳台走过来，靠近他们的小床，目光往床上一瞥，胖眼下那缕精光那么一闪，一双大手就往窗帘上蹭抹。

这张窗帘分别有刚啃过鸡骨鸭架的油腻，刚剪过脚趾甲抠过脚丫的味儿，刚擦完皮鞋沾染在手上的尘土，刚上完卫生间洗手出来的水渍，撸下来的清鼻涕等等。小雅和姐姐恶声恶气发过牢骚，但姐姐对此视而不见。她发现和姐姐发过牢骚后，矮个子男人擦得更起劲了，一家人坐在客厅里，他挪动木桩般壮硕的身子，目不斜视蹭到窗前，手一伸，窗帘就被蹂躏在他肮脏的大手掌中。小雅于是把窗帘绞起来打个结，高高束起来。嘿，这下矮个子男人非得垫张椅子才能够得到。不过，他很快就识破小雅的小伎俩，也不恼，脸上带着安详的微笑走到窗户跟前，见什么扯什么擦手。小雅和外甥的床上常常搭挂睡衣、衬衫，小雅简直恶心得要疯了。她于是知道姐姐已经跟这个男人穿一条裤子了，再也不能在她面前发半句关于矮个子男人的牢骚。他不仅矮小（姐姐高出他一个头都不止），还有狐臭，只要他在家，窄小的套间里总是弥漫浓烈的狐臭味儿。小雅见姐姐的鼻子似乎也失灵了，也不好说什么，在家里尽可能远离这个猥琐男人。她不明白，姐姐怎么忍受得了和这样的男人同床共枕，真是作践自己。

“起来了，今天你不是要去莫镇吗？”姐姐撩开帘子，探头进来瞅着她。姐姐的脑袋上缠满粉红色卷发器，她舍不得花钱去烫发，每天不厌其烦自己卷发。当然，早上她有的是时间，足够她弄出一头四不像的鸡窝头来。小雅觉得姐姐清汤挂面其实要好看得多，绑个马尾也好的。

“呃！”小雅含糊答应一声，翻一个后背给姐姐。她闻到旁边外甥枕头上淡淡的清香味儿，孩子的味道总是很香甜，小雅深深吸了口气，真好闻啊！

姐姐走进来，坐在床沿边，一只沉重的胳膊搭在她瘦削的肩膀上，小雅立刻闻到一股油腻的烤鸭味。姐姐身上总是带这股味道，好像烤鸭味已经渗进她身上每一个毛孔里了。

“我们这样的人，就别挑了，过这个村就没这个店了！”姐姐看出小雅对莫镇的怠慢，开导她，摇晃她的肩膀。姐姐浑圆胳膊的力度足够把小雅晃得瞌睡全无。她挺讨厌姐姐总是说“我们这样我们那样的”的话。自己都瞧不上自己，谁会认真瞧你？她多么想像以前那样睡懒觉，一个月两天的休息日，让这个超市导购员得以无比忘情地拥被而眠，直睡到外甥扬言要把她的蕾丝内衣扔出阳台才起来。那时候他们仨，姐姐、外甥和她睡在这个小套间唯一的一间卧室里，快乐无比。一年前矮个子男人来后，她和外甥便被挪到狭小的客厅了，夜晚一张碎花布帘一拉，遮掩住一张小床，就成为小雅和七岁外甥的卧室。这男人一来，姐姐也开始操心她的婚事了，其实就是想早点把她弄出去，这个家的空间太小，已经容不下小雅了。小雅不傻，当然，她理解姐姐的艰难。

小雅想起昨夜姐姐房里传出来的动静，那只搭在她身上的胳膊立刻让她浑身不舒服，身上像爬进了蚂蚁。她抖搂一下肩膀，把姐姐的胳膊抖搂掉，再翻一个身，姐姐的黑眼圈赫然入眼。自从姐姐离婚后，失眠和便秘噩梦一样困扰她，每晚临睡前要吞服一片右佐匹克隆，直到矮个子男人出现，她才睡了几个安稳觉。可是近几个月来她又嚷嚷失眠了，如若哪天晚上她发现药吃完了，简直可以叫她疯掉。小雅觉得假如半夜他们不是动不动就弄那些动静，也许就能睡个好觉。那事情真那么重要么？又不是吃饭，小雅撇撇嘴。

这是一年当中最热的月份。七月，说流光似火，一点都不过分。才九点钟，太阳就要杀人似的，头顶上亮晃晃的全是锋利的火刀子，见人就劈下来，太阳伞、防晒服、防晒霜全都不顶用，稍微一动每个毛孔就争先恐后跑汗水，冷不丁瞅见一个如火骄阳下的铁皮房子，整个人化学反应般地打激灵，仿佛被贴到滚烫的铁皮上了。风倒是有，但那是热风，南方的湿热不是风所能解决得了的。姐姐很好心地给小雅打伞，把她送到车站。她们家离车站很近，走路过去十多分钟就到了，坐三马仔三块钱，三块钱姐姐也舍不得掏，姐妹两人共在一把蓝色遮阳伞下，汗水淋漓行走在已经发烫的水泥路上。她们在路上遇见正玩滑板车的外甥，远远的，外甥看见她们，踏着滑板朝她们飞过来，一脑门汗水。

“喔哟，掉脑袋的，别弄脏了你小姨！”姐姐着火般尖叫起来，挡到小雅面前。外甥一头扎进他妈妈怀里，顺便把汗津津的脑袋在他妈怀里蹭了蹭，妈妈身上的白色雪纺短袖衫前胸立刻一片乌黑。他脑袋上挨了妈妈一巴掌，朝小雅吐吐舌头，脚底一抹滑走了。

“小姨，你咪咪好大，我昨晚摸到了！”外甥远远甩过来一句热气沸腾的话，附近开店铺的熟人扭头朝姐妹两人哈哈大笑，小雅愈发觉得热了，脸憋得通红。姐姐没心没肺的，嗤一声笑起来，朝小雅前胸瞅了一眼——小雅立刻条件反射般含起胸，她今天穿粉红色雪纺无袖衫，蓝色七分裤，露出两节圆润的小腿肚。

小雅朝姐姐翻白眼。姐姐抹了带美白效果的防晒霜，被败坏的气温融化了，在脸上油腻腻地泛光，把她的黑眼圈衬得越发明显。

“又睡不好？”她觉得有必要关心一下姐姐。

“老毛病了！”姐姐愁眉苦脸地叹气。

“前段不是挺好嘛。”小雅慢吞吞地说，连她自己都听得出来，自己的话里头没有丝毫关心的情分。

“他不肯结婚！这王八蛋！”姐姐沮丧地说。

“不结就不结呗，又死不了人，叫他滚蛋！”小雅漫不经心地说，她早就恶心透矮个子男人了。

姐姐忽然哽咽起来，泪眼迷蒙地瞪小雅一眼，半嗔半怨地说：“我就知道这个家从来没人心疼过我，你们只晓得向我索取，我生来就欠你们的！”

姐姐嘴里的你们，不仅指乡下的父母、小雅，还有她儿子。姐姐当年进城务工，凭着风骚的杏仁眼和傲挺的胸脯嫁给城里一个小职员，这段为期三年的短暂婚姻给她留下一个孩子和现今居住的小套房，姐姐从此自居城里人，鸽子笼般大的小套间是她盘踞这座破烂小城的最有力王牌。她万般厌恶乡下的泥土和草木，总是害怕乡间的尘埃沾染她的人造革皮鞋。

小雅认真地看了姐姐一眼，她的发角渗出细密的汗水，汗水混着带有油脂的防晒霜，使她的脸看起来有一种粘腻的、不干净的感觉。她不知道姐姐为什么要涂抹这种油腻腻的东西，把毛孔堵住了不是更热？姐姐变得爱打扮是这一年来的事情，当然是为那个职业驳杂的矮个子男人打扮的，但她又舍不得在打扮上花钱，总是往身上穿戴涂抹些低档次的东西，本来挺好的一个人，活活给这些低廉物品打扮糟蹋了。小雅瞧不起那个叫周济民的矮仔，四十几岁的老光棍，一笑眼角全是褶子，一脸横肉，一身蛮力，随地吐痰。他一会儿是二手房中介，过不了几天，又有人联系他修补漏水的屋顶，下个月，摇身一变成为回收二手家具的二货老板。小雅觉得他是个混乱的人，姐姐若真跟他成家，日子估计好不到哪儿去。他曾给姐姐买过一条比头发丝粗不了多少的金项链，姐姐说他脾气温顺，目前看来确实是这样，不过小雅总觉得这男人有点儿不对劲，或许是笑起来时快要挤掉的眼缝里泄出来的那缕不安分的目光，小雅总共也没跟他说过几句话，只是吃饭时含含糊糊招呼过他几声周大哥……

路过果蔬市场时，姐姐替她买了点水果嘱咐她带上。小雅知道老太太喜欢吃猪心炖土豆，好几次在小雅跟前唠叨，莫镇上每天总共就杀两头猪卖，她手脚不利索，总是去得晚，杀猪佬也没仁德，见钱就卖，从未把她的嘱托当真，仿佛她要白拿似的。言下之意小雅懂，但小雅有些讨厌这个老太太，故意装聋作哑。

“你要乖一点，手脚要勤快一点！”姐姐又叮嘱她，她一心要把自己的妹妹嫁在城镇里，无论如何不能回乡下。

小雅闷闷地哼着，天太热了，汽车站里人流如织、气息污浊。莫镇，难道真的非去不可吗？这种时候她更愿意带着外甥到城外的琉璃河去摸河螺，然后放一点狗肉香和干辣椒爆炒，就着冰冻的啤酒喝，够爽，去什么鬼莫镇。

“喏，家姐还在卖烤鸭？”老太太一边把小雅带来的烧鸭和水果敏捷地摆到神堂上，一边和小雅絮叨。这已经是老话题了。当然，小雅带来的东西也是老东西，总是有烧鸭。姐姐和一个寡妇拼一个烤鸭铺子，每天下午去烤鸭店提烤鸭后开始营业，一般到晚上十点收摊，钱挣得不算多。姐姐总是预留出一只烤鸭保鲜放着，给小雅带到未来的婆家，每月两次，风雨无阻。因此小雅和老太太的开场白总是从家姐干的营生开始，不知道是不是老太太的记忆力有问题。

“是的，伯母，她卖烤鸭好几年了。”小雅绞着两只手站在老太太身后，看她踮起脚尖往稍微嫌高的神堂上摆烤鸭和水果，然后点香，往香炉里头插三炷香火。老太太上半身使劲往上伸，露出半截花裤头，很费劲的样子。

“是要供一供的，人不能忘本，人不知道根就找不到去路。”老太太说，当然这也是老话。凡是买的瓜果和现成的熟菜，以及一日三餐，老太太都要盛出半碗供祖宗。这个从二十九岁守寡到六十三岁的老太太，不知道她要谢哪个神灵的恩。她五十五岁从莫镇小学退休后，除了管教儿子外，所有的热情都放在念佛上，但并不吃斋，很奇怪，也不知她是怎么想的。她每日的早餐必定是肉末芥菜粥外加一个水煮鸡蛋，把自己伺候得满面红光的。小雅带来的烤鸭，需要拿小刀子细心把肉片下来，剩下一个完整的鸭架子，去掉脖子以上部位，割掉鸭屁股，余下的熬小米粥。老太太可不是亲自动手，而是搬一把凳子坐在旁边对小雅谆谆教导，刀要斜拿，力要轻快，肉片要不薄不厚。小雅想到要和这样的老女人生活在一起，不免有些心惊胆战。

“烤鸭这东西，闻着香，也是不能多吃的，烧烤的东西热性大，容易上火，得换点花样吃！”老太太说，保持她作为一名教师的矜持，小雅知道她又惦记猪心炖土豆了。

“喔。”小雅含含糊糊地答应。

“家姐的婚事定了吧？”老太太盯着供桌上的烤鸭边点头边问。那真是一只好烤鸭，泛着酱色的油亮光泽，鸭头塞在翅膀下，肚子里填满了慈姑和菠萝，以及各种喷香佐料，慈姑和菠萝吸油，使烤鸭没那么油腻，它们又把自身的香甜熏到烤鸭里，相得益彰，不是一般的好吃。小雅觉得鸭肚子里的填充物比鸭子更好吃，很多人买烤鸭吃，其实也是冲着鸭肚子里的货去的，掏出来有一大碗，不油不腻，清香扑鼻。老太太的儿子，也是极喜欢吃鸭肚子里的东西的。小雅朝竹躺椅上瞥一眼，看见一件淡蓝色短袖T恤搭在上头，知道那人在家，在阁楼上，也许在屋后的小菜地里。莫镇的居民沿河而居，屋后都有一个小菜园子，再出去就是莫河，绕镇而流，景致不错，小雅曾跟老太太在黄昏里到河边提水淋菜，然后赶末班车回市里。

“嗯，快了，他们蛮好的。”小雅答道，想起那张肮脏窗帘，她厌恶地吞了口唾沫。

“女人是得有个男人帮衬，家姐还带那么一个孩子，更难了。”老太太弄完她的供事，转身认真盯住小雅说，小雅不明白这老婆子嘴里的“那么一个孩子”是什么意思，外甥可是个好孩子，顽劣，但不惹事，活泼开朗，至少要比这老婆子的儿子好得多。

“是的，姐姐不容易的。”小雅说。

“要知道感恩，长辈不容易！”老太太说。

小雅垂下头，很乖巧的样子，老太太很满意她的态度，觉得自己的话对小雅是入脑入耳了。乡下姑娘毕竟不同城镇上那些姑娘刁钻，嫁了男人却对男人的娘百般看不顺，还不晓得“感恩”两字怎么写，男人可不是从石头缝里蹦出来的，得让她们记住这一点。老太太却不知，这是小雅想清静时惯常有的习惯，头一垂，两眼皮一塌，好话歹话对她来说等于秋风过耳。

“是这样，长幼有序，家姐没出阁，你当妹妹的，不能走在前头，规矩不能破了！我们这个事情，得慢慢来。”老太太说，目光探究般审视小雅。这话也是老话题了，说过多次。小雅把目光从地上收拾起来，落在供桌上烤鸭油亮的脊背上。嗯，慢慢来，谁又着急来着，你和你儿子可以再多吃几只烤鸭。小雅漫不经心地想，很和气地笑。她想起姐姐的黑眼圈，姐姐若是知道老太太的想法，只怕从此都不能合眼了。回乡下的想法小雅不是没有过，姐姐的家没法再容得下她，那就回乡下去好了，嫁给一门心思等她的黄天癸，生一两个儿女，种几亩地，养几头猪，有什么不好。黄天癸那家伙浑身有使不完的力气，种田绝对是个好手，不会让她吃多少苦的。去年春节她回老家过节，两人在后山的油茶地里鼓捣过几次，黄天癸用暖烘烘的气息温暖着她，他的蛮力和她的战栗使得夜晚料峭的寒风也变得柔和起来。有那么一阵子，小雅几乎下决心不再回城里了。当然还是回来了，奇怪的是，回来也没怎么想黄天癸。

小雅猛地感到浑身一阵燥热，她觉得此时此刻此地想起黄天癸和跟他的事情，实在有些不妥。

莫镇上的房子都是狭长形的，足够长，但不宽，一个人展开胳膊差不多够到两边的墙壁了。狭长，又分成几截子，厅堂，里屋，天井，厨房，然后是后门和菜园，中间这两节，里屋和天井，碰上阴天，大白天还得亮灯盏，因此极难通风。在南方湿热的七月里，待在这样的房子里简直叫人喘不过气。在这栋只有孤儿寡母的两层小楼房里，别说空调，连电风扇都没有，蒲扇倒是四处随手可拿，估计不下十把。老太太大概觉察到小雅的闷热，从祠堂的板壁上取下一把柄子上栓了根脏兮兮白线的蒲扇给小雅。

“还是拿扇子好，走到哪摇到哪，这东西便利，不费电，比从电风扇里摇出来的风凉爽多了，电摇出来的风算个什么东西！”老太太絮絮叨叨，吩咐小雅把带来的西瓜破了，放进篮子吊到打在天井里的井中。井里凉爽，靠近井口，就感到一阵清凉扑面而来。莫镇家家户户都有一口自打的水井。把西瓜放在里头，等于冰镇西瓜。不仅西瓜，老太太家里吃剩的饭菜也这样吊到井里，吃的时候摇轱辘把它们吊上来。小雅不知道别人家是否也这样，她每次把吃剩的饭菜按照老太太的吩咐吊到井里时，总是不可避免想到，会不会某次吊上来的菜篮子里伏着一只硕大老鼠，菜盆里稀稀拉拉摊着黑漆漆的老鼠屎……这个家里不仅没有电风扇，也没有电冰箱，人家都弄上家庭影院了，母子俩还守着小黑白电视机百看不厌。老太太的说法是，等儿子办了大事，这一切都得换掉。小雅对此很怀疑，这个家恐怕连只苍蝇都得听命于这个节约到近乎吝啬的老太太，搞不好到时新房都是半新旧的二手货。这个家里二手货不少，饭桌，碗柜，她儿子的电脑，老太太夏天睡觉的凉席，甚至一把长柄黑色雨伞，都是从二手家具店淘来的。姐姐安慰小雅，这都不是事，老婆子还能活一百岁么？即使活不到一百岁，依照老太太心性，活个八九十也是有可能的，小雅觉得这样的生活于她来说太可怕了。当然，如若夫妻俩能相互体恤，熬一熬倒也能过得去。

破西瓜的时候，刀子划了小雅左手食指一道口子，老太太朝楼梯努努嘴巴，“上去抹碘酒。”这是恩赐，老太太终于给小雅见到自己最宝贵的东西了。

小雅小心翼翼摸上幽暗的楼梯，把渗血的手指吮进嘴里，很快血就止住了。那个叫张雨生的男人在房间里，敞开的房门露出一个修长的赤裸惨白后背，下身是淡紫色宽大半截裤。小雅轻轻叩门，他头也不回，埋首于一堆凌乱的电子零件中。他喜欢拆各种电器，然后重新组装，有装好的，也有被他装得神经错乱的，电风扇只会摇头不会出风，电视里的人物头脚倒置，电饭锅永远煮不熟饭。他不做任何事情，不抽烟喝酒赌博，就喜欢待在家里拆装电器，三十八岁，没有婚史，母子俩的生活费来自老太太的退休金。

“往后你过来，可以把一楼租出去给人当门面使。”老太太这样说。多一口人吃饭，要多一项进项嘛。老太太的意思似乎没打算让小雅忙活，全家人过不劳而获的清闲日子，老太太依然勤俭持家当家做主，儿子依然沉迷在拆装世界里。那么小雅呢，是不是只负责生儿育女就可以？小雅对这样的生活没有一点儿底。

她进了张雨生的房间，没有多余的椅子，她没坐床上，站在桌子边。张雨生无动于衷，埋首于手上细小的零件。

“来了。”算是对小雅的招呼。

“嗯。”

再无话。小雅一直不知道张雨生对自己有何想法。张雨生长相很不一般，用明眸皓齿来形容一点都不过分，一米七三的颀长身材，无论他处于何种状态都是引人注目的。小雅初次见他，有些呆了，想不通为什么男人能有这么好看的长相。张雨生话相当少，你永远都捉摸不透他在想什么，好像他对什么都不在意，什么都伤不到他。小雅来，没有明显的高兴，小雅走，没有明显的留恋。半年来他从没主动去看望过小雅……

小雅于是朝窗外看。从这个窗户望出去，可以看见清清的莫河。河这边是莫镇，岸边长着毛竹和木棉树，那边是低矮的连绵土坡，长满矮小的灌木。此时金光灿烂，碧波荡漾，白鸭点点，河上竹筏几张，倒是蛮好的景致。小雅出神地望着河里的竹筏，她从没坐过船，人站在苍茫水面上是怎样一番心情呢？正出神，屁股被拧了一把，她恍惚的神思像被电击了一样跳跃起来。小雅迅速扭头朝门口看了一眼，担心老太太此时正出现在房门口。不过老太太似乎没打算打扰这两个年轻人，几乎不上来的。房间的门扇是朝外开的，在楼下一望便大概知道屋里的情况吧，没关上门的房间应该是什么事情都不会发生的。小雅的腰身已经被长长的胳膊箍住了，张雨生把头埋在小雅的小腹部上，一只手伸进她后背的衣服里，触摸她的腰线和后背。张雨生这套把戏小雅并不陌生，见过两次面后张雨生就按捺不住了，不过，也就如此，往下看吧。

“脱掉。”张雨生干巴巴地说，小雅明显感觉到他的呼吸紧迫起来，他们之间无声的争执也就开始了。张雨生如若不说话，很好，可以说是秀色可餐，开口说话就很难听了，不是说他的声音难听，而是他的话。

小雅一动不动，她觉得这不应该是她的事情，她固执地这么认为。张雨生的脸使劲按在她的肚子上，仿佛要把头钻进她的小腹里，游动在她身上的手也变得粗鲁起来，几根手指钻进她的内衣里，摁在柔软的乳房上。

“脱掉。”张雨生又说，被捂住的话很沉闷，硬度却丝毫不减。

小雅依然一动不动，不主动脱掉衣服，也不推开张雨生。她想让张雨生知道，她来自农村，但并不是对嫁在城镇里的事情上心，她只对人上心。

“脱掉。”张雨生又说，他已经暴躁了，他的手使劲钻进小雅的裤腰里，但只伸进去几根手指，手掌被卡住了。其实只要把手缩回来，解开裤子前的扣子就可以，解开雪纺衫前的扣子就可以，解开内衣后背的搭扣就可以。但他不，不主动，不知道他是什么想法。假如张雨生把这些事情主动做了，小雅是不会拒绝的，她不是想不开的人，对于婚姻生活没有太多的奢望，对于和谁过一辈子也不太深究，能把日子过下去就行。如果不是姐姐一门心思要把她嫁在城镇里，她是不会冒着酷暑跑来莫镇的。

小雅挺着身子站着，在张雨生畜生一样莽撞的情欲里想些杂七杂八的事情，她的身体于张雨生的激情没有任何回应，她不由想起黄天癸带给她的温暖和战栗。

张雨生见小雅无动于衷，把手从小雅的裤腰上缩回，一把按在自己的裤裆上隔着裤子动起来，另一只手依旧在小雅身上粗鲁抚摸，一会儿张雨生整个人突然像触电似的痉挛起来，浑身肌肉绷紧，小雅知道他完了，结束了，呵呵。她突然感到很难过，眼里渐渐蓄满泪水。小雅一把推开张雨生，张雨生猝不及防，眼神涣散地瞪小雅。小雅鄙夷地看了他一眼，整理好衣服，转身走了。她想离开这个变态男人，离开这个阴暗的家，离开莫名其妙的莫镇。

“你会回来的，我太了解你们这些女人了。”张雨生在身后干巴巴地说。

去死吧。小雅在心里咬牙切齿地说。

重新坐上班车时，小雅发誓再也不来莫镇了，回乡下去。老太太站在车窗下，这是她第一次出来送小雅。小雅从楼上下来时，像猫一样敏锐的老太太觉察到她的恼怒和委屈。小雅只说要走。老太太于是戴了顶草帽出来相送。她隔着肮脏的玻璃窗看老太太，忽然想到姐姐，呵，她和姐姐多么相似，怀着诡计，又很可怜。只是这丝毫不能引起小雅的同情，她只想在火热的天里尽快离开莫镇。

回到家时，姐姐已经出去了，外甥在家，当然，矮个子男人也在家，只要他的手机不响，他就没事可干。窄小的套间里异常闷热，空气似乎凝结了，矮个子男人腋下的狐臭味儿越发明显，污浊的空气令人头昏脑涨。外甥在看《西游记》，白骨精和孙悟空打得不可开交，矮个子男人手里拿一把扳手，不知道刚才在鼓捣什么。他见小雅的雪纺衫被汗湿得前后贴身，挥了挥手里的扳手，进卧室去了。

“小姨，给我两块钱。”外甥看见小雅，像只猴子跳起来，小雅躲闪身子，担心外甥一头扎进自己怀里。这小家伙极喜欢这样做，当他想要表达对你的信任和喜爱时，就一头扎进你怀里，顺便把汗水和鼻涕蹭在你怀里。他喜欢吃牛奶花生冰激凌，不用说，馋虫又上来了。他休想从妈妈那里得到超过五毛钱的零花钱，可怜的小家伙。小雅一直对这孩子有种奇怪的怜爱，对他有求必应。姐姐每次看见小雅掏口袋的爽快劲儿，总是感叹将来小雅就是嫁座金山银山也得败掉。小雅在超市上班，底薪一千五，业绩好的时候也能领将近三千，每月给姐姐五百块生活费，余下的也不知道花到哪儿去了，她的存折上从来没超过五千块。不过她并不在意，她不是个能存钱的人，花钱多好啊，钱不就是挣来花的么？姐姐一分钱当一块钱来花，也没见她存出座金山银山来嘛。姐姐的毛病就是想太多太远，不然她不会失眠便秘的。

“我欠你的，祖宗！”小雅朝外甥翻白眼，扭开电风扇，希望能把狐臭味儿吹散。她翻口袋，没有零钱，于是把一张五元的纸币递给外甥。这回怎么躲闪都不行了，外甥一头扎进她怀抱里，脑袋正好顶在小雅的乳房之下，在她怀里蹭来蹭去。她想起早上外甥喊的那句话，忍不住往后缩了身子，外甥却更使劲贴着她，小雅不再躲避，摸摸外甥被汗水沤得黏糊糊的脑袋。外甥很快就离开她的怀抱，小雅来不及说句叮嘱话，门已经咔嚓关上了。不用说，买冰激凌剩下的钱，外甥又送到游戏机室去了，一时半会别指望见他的影子。哎，当个孩子多快乐，小雅有些魂不守舍地想。闷热的空气使她昏昏沉沉的，雪纺衫贴在后背上，湿漉漉黏糊糊很不舒服。她张望一下姐姐的房间，房门紧闭，也不知道矮个子男人在屋里干什么。小雅从床架上取下家常衣服，抱进卫生间。她打算冲个澡，把身上的汗水冲掉，把莫镇的气息冲掉。然后约个同事出去喝两杯冰镇啤酒。她在超市里有两个很要好的姐妹，其中一个今天也正好休息。她们都喜欢喝冰镇啤酒，知道朝南巷里有间酒吧白天卖的啤酒能打八点五折，就算不打折，去蹭空调的凉爽也是不错的，总比待在家里闻着狐臭强多了。小雅跟着姐姐在城市里生活五年，学会了喝啤酒，还有点量，五瓶也不头晕，只是跑厕所烦了点。此外她还学会把短衣服穿在长衣服外，每次回家黄天癸觉得很别致，但妈妈总是像看怪物一样看着她。乡下人什么事情都是有板有眼的，不过这也没什么不好。

卫生间里安置一台老得声音能跟拖拉机媲美的海尔洗衣机，余下也就够一个人洗澡的空间了。洗衣机上搁着矮个子男人的灰色裤衩，看着挺恶心。她不明白他为什么不扔进洗衣机里。自从他住进来后，小雅再也不用洗衣机洗衣服了，老觉得洗衣机也沾上狐臭味儿。她厌恶地朝大裤衩瞥一眼，小心地把自己的干爽衣物挂在门背后的挂钩上。卫生间靠近地面的墙脚蒙着一圈斑驳的黑色污垢，时不时有蟑螂从洗衣机下大摇大摆地爬出来。纸篓里躺着一个黏糊糊的粉红色避孕套，呵，小雅觉得怒火快要把她的胸口炸开了，她使劲踢倒纸篓，把纸篓里的东西通通倒进粪坑里，按水箱稀里哗啦冲掉了。她担心外甥看到这些肮脏的东西，她觉得姐姐简直是疯了。她闭上眼睛，飞快脱掉身上的衣物，拧开莲蓬头，清凉倾泻而下，舒服。她静静站在淋浴头下，享受冷水带给身体的凉爽。

黄天癸……张雨生……嗯，张雨生是怎么回事呢？他到底在想些什么？为什么不肯主动？主动于他有什么特别意义？身体凉爽下来了，小雅的思维也冷静下来了。愿不愿回乡下去？愿不愿在如火的天里跟黄天癸下地淌一头一身的汗水？愿不愿待在乡下过有板有眼的日子？好像……有大半年没见黄天癸了，总的来说，黄天癸人还是不错的，他还在等着她吗？张雨生这个寡言而好看的男人，是不是只因为城镇人莫名其妙的优越感而不屑对她这个乡下女人主动，等着她主动送上门来？小雅的脑袋清醒了，但她依然想不通，往身上打了几遍泡沫，反复冲了几次，摸着皮肤有种生涩的质感，再也没有一丝黏糊糊的汗水了，连毛孔的油脂都搓洗透净了，才关掉淋浴头，擦干净身上的水珠，套上干爽衣服。她打算不再继续想这些烧脑袋的事情了，必须尽快出去喝点冰镇啤酒。

打开卫生间的门，矮个子男人直挺挺戳在卫生间门口，粗壮的身板差不多把门口都堵住了，他眯着胖眼，那缕不安分的目光在细眼缝下游弋。小雅的脑袋像被偷袭一棍子，懵了。

矮个子男人抬起胳膊，大手落在小雅清凉的手臂上，手掌心潮乎乎的。小雅惊愕万分，然后迅速甩掉矮个子男人的手臂。

“走开！”她发现自己的声音在发颤。

矮个子男人的手掌又摸上来，钳子一样掐住她的手臂。小雅迎胸推了一把矮个子男人，他像脚下生根一样一动不动，模糊的笑堆在脸上的横肉皱褶里。

“你姐想结婚，想疯了。”他说，脸上的笑容蔓延开来，笑得很真诚，像准备做一件心安理得的事情。

小雅瞪着他，想知道他要干什么。

“你姐算什么，被人穿过的破鞋子……你要补偿，替你姐补偿……”矮个子男人朝她压过来，小雅已经贴在他的胸口上了。

“妈的！”她尖叫起来，“没人叫你来穿破鞋子，不稀罕就滚！”她没想到这个肮脏的矮个子男人居然有这样荒唐可笑的想法，恼怒得浑身发抖，她攒着力气挣脱掉矮个子男人的手掌，朝卫生间里退，矮个子男人已经把门口全堵住了。

“你不可怜你姐姐，嗯？你不可怜？她可是你亲姐姐。”矮个子男人依然笑着，他迈进卫生间，小雅缩进墙角，怀里抱的换下的衣服掉到地上。她顺手捞起洗衣液瓶子，那是五公斤装的洗衣液瓶，已经用掉一半了，拎在手里依然沉甸甸的，照着人的脑袋来那么一下子，肯定能使人脑震荡。矮个子男人只到她的耳根，拼命搏一搏还是能给他点苦头吃的。

矮个子男人脸上的笑容有些凝滞，不过，他并不惊慌。

“你再想想，你想想你姐姐，你姐姐整宿整宿睡不着，几天都拉不出一次，她这是急的，我不急，我结不结都行。”他说，口气温和，像在哄劝一个不听话的顽皮孩子。

“就一次，神不知鬼不觉，跟什么事情都没发生过，啊。”矮个子男人见小雅没吭声，觉得可以再进一步说服她。

小雅确实在想，想关于姐姐的事情，她无法做到无视姐姐的存在和姐姐目前的状况，她当然希望姐姐能过上她希望的日子。姐姐每次给她留的烤鸭，姐姐的黑眼圈，姐姐今早的哽咽，但这些和她有什么关系哇？小雅很懊恼走神那么一刻，矮个子男人已经又朝她走近两步了。

“我是个讲良心的人，我绝不会骗你，在这种事上骗人，是要断子绝孙的，我做梦都想当爸爸，你姐姐肯定能给我生个儿子的，啊……当然，别的女人也能给我生，我有得选择的。”矮个子男人的手掌又摸上小雅的胳膊，轻轻摩挲起来，像安抚受惊的小兽。也许在他眼里小雅就是一只小兽，他是个老谋深算的猎手。

“就一次，我就跟你姐结婚，我惦记你很久了，我发誓，就一次，你想，又不损失什么……对吗？”矮个子男人几乎是在耳语。小雅闻见他的口气里充满蒜头味儿，矮个子男人喜欢生嚼大蒜瓣，他说能防癌，各种癌，这种人大概连癌都怕他吧。

小雅不知道是愤怒还是委屈，用力推开了矮个子男人，跑了出去。

是时候了，是时候摆脱这一切，是时候了断这一切……她满脑子的愤怒，慢慢才平复下来。

她心想，还可以搭下午的班车回莫镇，今晚在莫镇住一晚，假如老太太不反对的话。不知道这个时候肉铺还有没有猪心卖。可以和超市请明天早上的假，她从没请过假，老板一定会同意的。至于黄天癸，小雅觉得已经不可以再想他了。

小雅感觉到刚洗干净的身体又开始渐渐渗出细密的汗水，重新变得汗津津、黏糊糊起来。

少年追风

我们把条件谈得差不多妥时，这个长相清秀无比的年轻人一边递给我他的身份证和学生证，一边一本正经地给我来这么一句：“哥，这就成交了？不过我有个毛病，我的心脏可能随时停止跳动哈！”我吃了一惊，伸出的手停在半道，弄不懂这是如今年轻人调侃人的方式，还是他真有这么一颗任性的心脏。

这是傍晚时分，阳光依然白得吓人，也热得够呛。七月来到这个城市一个星期了，预示让人热得七窍生烟的季节正式来到。七月、八月、九月，一直到差不多整个十月，这个小城的房子，就算在下半夜，墙壁仍然余温撩人。这几个月白天漫长得令人愤恨，到了午后，人和发瘟的鸡一样，汗水滴答也酣睡过去。我的电动车租赁店其实没必要雇人的，店面不算大，总共二十五部电动车，按小时收费租赁。以往我和米莉配合默契，我负责店面的事情，她管我们的吃喝，打理我们的生活，这种生活方式我们已经维持五年了。如今，我感觉我和米莉哪儿出了点状况，具体是什么，我又说不清楚，一种冷冷清清的尴尬气氛若有若无包裹着我们。于是我萌生了雇一个老实本分工仔的念头，最好是打暑假工的学生。除了炎热的夏季午后，我需要工仔看一阵子店面让我得以眯一会以外，我觉得我和米莉的生活，需要一点儿热闹来调剂。当然，我没打算长期雇人，我们赚的钱，都是辛苦钱，轻松就不来钱了。这个年轻人正好也不打算做得太久，他说他是福泽乡人，在城里念高一，利用暑假打工赚点儿，按照他自己说“能实现自己一个小理想”的“人民币”。

“理想？”我不由多看他两眼，他这年纪应该是属于国家严厉实行一胎政策的产物，属于独生子女，如今穿着独生子女外衣的年轻人，他们哪个的理想不都是拿父母的钱实现的？当然，他是农村人，也许家里还有个弟弟？妹妹？或者他本身就是弟弟？

我着实被他理直气壮蹦出来的“理想”震了一下，再加上他清秀得让人莫名其妙的长相和理得相当清爽的板寸头，于是打算用他了。

他眼见我愣了，龇牙朝我一笑，我觉得他是拿我开玩笑的，便接过他的身份证和学生证。暗暗叹息，如今的年轻人，神经都太大条了，连自己的心脏都敢拿来开玩笑。

“张追风！”哈，我一下子笑起来！十七岁！就这么多。我把他的身份证和学生证锁进抽屉里，我们便正式成为雇佣关系。我让他叫我哥，他管米莉叫姨。米莉朝他露出一对清浅的小酒窝，我微微一怔，我已经很久没见到米莉这么笑了。

这少年还真不错。十七岁应该是青年了，只要你一瞧那张自带无辜的脸和黑白分明的眼睛，宁愿当他是个刚离开母亲不久的少年。他的活儿倒也不多，早上八点准时起来开卷帘门，在门前的芒果树下（我真闹不明白，为什么这个城市要种那么多芒果树，一到春暖花开，对芒果花过敏的人挤满各大医院的皮肤科，米莉也是常客）点三支招财进宝的香火。接着把一部分的电动车推出店门外，挨辆摆在城管允许的范围内。我和米莉在二楼上睡觉，常常听见早起的追风一边忙活，一边吹口哨，他吹的是皮裤汪的名曲《飞得更高》，高亢嘹亮，彻底赶走我残存的一点睡眠。我在追风的口哨中有点儿失衡，模模糊糊记起二十来岁时的自己，似乎那时候脑袋里也装过“理想”这高贵的玩意儿，并热血沸腾地为它折腾过。我记得高中毕业后有两三年时间，我一直和一个发小在做新米贩卖的事，从交通不便的农村收购当季大米，拉到城里卖，赚点儿差价。我们每人骑一辆吃油得厉害的二手烂摩托，整日流窜犯般奔走于各个偏僻村庄，酷暑和严寒都奈何不了我们。最怕的是半道上下雨，我们摩托车后架上驮着装在蛇皮袋里的新米，一场雨下来，算是白跑一趟了。后来发小七十五岁的奶奶给我们支了一招，叫我们拿化肥袋子装大米。读过高中的我和发小面对目不识丁的奶奶，有点儿沮丧，这么简单的办法，我们怎么不懂呢？化肥袋子外层是蛇皮袋子，里面还有一层白塑料内层，只要不扯掉那层塑料，活脱脱就是一件天衣无缝般的雨衣……在那些乡间的路上，好多次，我们被摩托车后架子上沉甸甸的“理想”弄得很狼狈，有时候连人带车摔进路边的沟子里，车和人都来不及顾，就去抢救米袋子。那时候我和发小的想法很简单，挣一笔钱，至于挣来干吗，我们甚至都没想好，就是希望手里有一笔钱。如今，发小在这个城市里有一家雇得起三个师傅的美发店，而我有这个电动车租赁店。我们从农村杀进了城市，脑门上有了遮风挡雨的瓦片，安稳了，然而那些闯荡风雨的劲头也消失殆尽，我甚至感觉到我身上的肌肉每天都在变得松软，一如我的精神越来越萎靡。我不知道是生活原本如此乏味，还是我这个人乏味，我真希望不是后者。

追风有几样本事让我很纳闷，每到米莉做饭时，他就扔下门面的事情，跟在米莉的身边心急火燎指点：“姨，炒菜不要淋冷水，要热水，热水，我早就说过了，冷水淋菜，炒出来的菜比我还老！”米莉正在炒空心菜，半杯自来水已经伸到锅边，追风跳过去阻止了。他从饮水机里接了半杯温热水，慢慢淋到菜埚里。

“姨，你的饭做得也太粗糙了，大米要先泡上个把小时再煮。”追风说。

“为什么？”米莉已经给我们煮了差不多十年的饭了，她刷锅放米的神态早就裹着厚实的厌倦，连按下饭锅按钮的动作都透出一股老年人的滞缓。

“为什么？”追风舔舔嘴唇，“你别管为什么，下顿饭我来煮，你吃了就懂了！”

“炒菜放的蒜头，最好是热油时就放，拍碎了放进油里炒，出来的味比你直接扔进菜里要香得多了！”他又苦口婆心指点。米莉有些尴尬，不过还是按照追风的指点弄起来。

我们的饭菜开始有些变化，每顿都能吃到一点别样的滋味。我和米莉夹进嘴里的每一口菜，追风都瞪着眼问：“怎么样？还行吧？”

我说：“盐巴放多了！”

“不能啊！”他吃了一惊，清秀的脸上顿时有遭大罪般难受。这家伙洗脸非常马虎，几捧冷水随便抹，连毛巾都不用，居然养出白得差不多没有血色的皮肤。他给我们做了一道红烧丝瓜，扬言能让我们吃出红烧肉的味道。

“我十岁掌勺，油盐分量能精准估计到克数，盐巴能多了？莫不是碰鬼了？！”他有些沮丧，筷子都没心情提了。

“你听他的。”米莉白了我一眼，满眼实实在在的厌恶。她说得没错，红烧丝瓜味道很棒，米莉做这么多年的饭菜，磨炼出来的手艺也只是能把饭菜做到油盐刚好的程度。但这个跟我同床共枕十来年，我们刚开这个电动车租赁店时，因为资金周转困难，不惜让她的哥哥帮我借高利贷的女人，怎么能对我满眼厌恶呢？并且，这已经有相当长一段时间。我们的收入都归她管，我不知道她还需要我怎么样？她不说，她只是越来越厌恶我。米莉每天晚饭后会出去狂走一小时，差不多十年过去了，那双我当初迷恋无比的骨肉匀称的腿基本没什么变化，现在她几乎没怎么让我碰了。米莉每月来例假之前那星期，会对我稍微柔和些，主动把一条腿搁到我的腰上。只有她才能主动，我只能等着她的主动，我的主动往往都碰一鼻子灰。

“追风，你这手厨艺是和谁学的？”

午后，我躺在店面外芒果树下的懒人躺椅上，瞧着像蜜蜂一样忙碌的追风问他。蒸腾的暑气令人恹恹欲睡，但米莉不知道为什么又生闷气了，我不想上楼去自讨没趣。追风简直把这些半新不旧的二手电动车当作生了病的亲人般护理。午后相对空闲时刻，他便拎一桶清水，一块抹布，一辆一辆擦洗。车头，车身，后视镜，还折断一根芒果树枝当做撬棒，撬那些凝固在车轮上的泥土，屁股底下的小凳子挪来挪去。但他极少出汗，他喜欢穿淡蓝色和灰色的圆领短袖 T 恤配半截牛仔裤，网状的蓝色夏季运动鞋，低头擦洗电动车时，专注得像在考试。我暗自猜度，这家伙在家肯定像颗金蛋般宝贝，该是饭来张口衣来伸手的，他怎么能十岁就掌勺？

“我妈教的！”他埋头说，吃力地撬一块凝固在前轮车盖下的泥巴。

“你妈干吗教你做饭？”我问。天热得让人受不了，懒人躺椅的竹片热烘烘的，细密的汗珠不断从毛孔渗出来。这几年我胖了不少，一米七三个头，刚开这店时有一百三，如今一百五十五了，身上的赘肉和年纪一起令人沮丧地增长。

“我在家负责做饭，我爸妈和姐姐忙着护理茶树，我负责做饭。”他强调般地说。

“嚯，凭什么？你是出不了门的传家宝？”我料想他有一对重男轻女思想严重的父母。

“哥，你这话说的，要把我的小心脏吓得停止跳动了。”追风捂住胸口，一本正经地说，接着皮笑肉不笑干号几声。

“我外公吧，是个挺厉害的老头。以前，我妈说解放以前。解放以前？大哥，到底是个什么样的？”他拧着眉毛看我。我暗想这孩子肯定历史没学好，他怎么会问我解放以前是什么样子呢？那可是他外公那代人的事情。

我白了他一眼，他又垂下脑门擦洗电动车。

“我外公在大户人家掌勺，那大户从上到下都是讲究的吃货。我外公据说在做饭上很有天分，大户还专门送他去学过一阵子红白案。新中国成立后大户散了，我外公那手艺只好给自家几个女儿做吃。我妈妈、我大姨、我二姨、我小姨，都得到我外公传艺。现在我三个姨都在广州开馆子。我妈把手艺传给了我，五六岁就叫我认油盐酱醋茶的，你以为呢。”他对我絮絮叨叨地数落。

“你姨真多。”我感叹道，“你那些姨一定很漂亮吧？”我问他。我发现男孩子的相貌，多半会遗传妈妈的，我就随我妈妈，单眼皮。米莉当初说，我那副单眼皮性感死了，韩剧里油头粉面的男主角多半是单眼皮的。如今她一定觉得自己当初是瞎了眼吧，我有些黯然神伤。

“你怎么知道？”追风抬起脑袋。

“哎，别擦了，破电动车，再擦也成不了新的。”我恹恹地说，“你赶紧找个清凉的角落待着，免得你的小心脏要停止跳动了。我眯了一会儿，你看着点，别让小毛贼把车推走了。”

“你眯吧，我看着。擦干净了看着精神，客人也喜欢。真是，米莉姨说你跟猪没两样了。”他小声在那里叨叨。

“她说我什么？”我睁开眼睛瞧他。相处这些天，这个敏感的年轻人一定觉察我和米莉之间那尴尬的关系。

追风自知失言，朝我露出傻瓜一样的笑，“哥，别介意，猪有什么不好？我妈常说要削掉我爸的脑袋呢，够狠，女人都那样。”他很内行地安慰我。我展开一张广告报蒙到脸上。每天八点开店门，等待上门租赁的顾客，收好押金签好合同。归还时检查是否有新增损坏。晚上十点关门，然后睡觉。这就是这几年来我和米莉的生活。不知从什么时候起，米莉再也不和我讨论韩剧了，以前不管我愿不愿听，她总是没法做到让我的耳根清净上半小时。我对米莉基本没什么要求，在我力所能及之下，给她过上不那么操心的生活，这是我对自己的要求。但我不确定米莉是否需要，或者只需要这个就够了。眼下看来，米莉并不满足。我在意米莉，因此心里隐隐焦虑，而近段更堪，我常常在半夜醒来，焦虑也在折磨我的睡眠。在黑暗中听着空调机嗞嗞的制冷声，我真希望这时候米莉也醒来，然后朝我挪过来，靠近我，胳膊或者大腿，或者身体的哪个部位碰到我，都会给我带来莫大的安慰。但米莉在一侧轻微打着鼾声，沉浸在深沉的睡眠里，她侧着身睡，背对我，两个膝盖间夹着抱枕……

放了暑假，租赁生意变得繁忙起来，学生们喜欢城里城外到处瞎逛，电动车需求量大了。这种非机动车灵活性强，不需要驾照，二手车也不贵，弄丢了搜搜压岁钱也赔得起。每天店里二十部电动车几乎全部被一帮半大不小的中学生租走。追风瞧着被骑走的电动车，巴巴的有些急眼。他拎着抹布站在路边，目送和他一样的学生仔们吆五喝六绝尘而去。那就是他的“理想”。他想打两个月的暑假工买一部新电动车，开学后每周六下午自驾回三十公里外的福泽乡家里。他说他的妈妈死也不肯给他买，每周吩咐他爸骑着五菱摩托车来学校接他，把他的锥子脸都丢尽了。

我嗤笑起来："你就是个妈宝男，你妈肯定舍不得你娶媳妇！"

他又捂住他的胸口说："哎哟，哥，吓死我了！我可没这么听话的，要不哪能出来打工呢。"

"谁晓得你撒什么大谎骗过了她。"我说。

"这你都懂。"他有些惊讶。

"哥也年轻过的。"我说。

他继续埋头擦电动车。

"说吧，跟你妈撒了什么谎？"我问他。

"我堂哥在城里开茶叶店，我说在他那里混，我妈才放心的。"他说。

"那你干吗跑来我这里混？"

"亲戚嘛，哪能好意思开口谈钱。"他干笑起来。

"成。"我说，"我不会少你钱的。"

"必需的，这是关于理想的大事！"他说。

他又提到让我不太舒服的那两个字。我甚至都有些痛恨这两个字了，它们会把我如今自认为安稳的生活比照得漏洞百出。

一天晚上，大概八点左右，我们刚吃过晚饭。追风今晚指导米莉做了橘皮炖鱼，橘皮早两天晒干了，切成丝，和鱼一起炖，鱼腥味全没了，有一股淡淡的橘子香味。追风没怎么吃，喝几口汤，两斤半的鱼多半是我和米莉吃了。追风说他早吃腻了，做的时候闻味儿都能饱。米莉瞧着他的眼神充满溺爱，她一定后悔早生了那么二十年。

“追风！”

我们刚结束晚饭，隔着马路，召唤追风的声音传来。两个细高的少年站在马路对面朝追风跳跃。

追风对他们招招手，像是要去跑步的两个家伙便横穿马路跑过来，手里提一堆塑料袋子。跑到我们跟前，两个年轻人都有些拘谨，带着乡下人的腼腆。这让我放心不少，我就担心追风结识些不靠谱的年轻人来店里。这堆破电动车虽不值多少钱，但毕竟也是我和米莉费尽心血经营出来的，我不希望在这上头出什么事情。

“他们是我的伙伴，同村的，也同一个学校。”追风喏喏地和我介绍。

“你们还有同一个理想吧？”我说。两年轻人便笑起来。

“那哪能？”追风说，指着一个下巴有颗大黑痣的小伙子，“他是阿虎，是个妹控，有个十二岁的妹妹，是个药罐子，连书都念不动了，他挣的钱都扔进妹妹的药罐子里了，小学六年级就开始贩卖八角花。是我们仨的老大！”

黑痣戳了追风一胳膊。

“这是老桂，捉青蛙能手，只要他一走在我们村的田野上，青蛙都不敢叫了。造孽呀，老桂，你对青蛙犯下了滔天大罪，以后你死了坟墓肯定被青蛙给刨平的。”追风指着另一个长手长脚的年轻人说。

“追风，烹饪青蛙可全是你干的，你才是真正的刽子手！”老桂瞪着眼睛说。

"那是……青蛙焖黄豆好吃，其实焖青豆更好吃，你们俩都嫌青豆有青涩味。我还不是为你两个吃货做的。"追风有些尴尬，"阿虎和老桂干洗车的活儿，老桂要攒钱娶老婆，哈哈哈。"

老桂倒也爽快，连声说："对对对。"也不知真假。

两个年轻人刚下班，买了几大袋撸串来看追风。我们把刚收起来的饭桌又支起来，我买了啤酒，但三个年轻人只喝王老吉，哐哐地碰杯。阿虎和老桂都是黑皮黑面的典型乡下青年，一看就是惯打惯摔养大的，很皮实的骨架。追风却像是在深宅大院里养大的孩子，细嫩得不像话。他们根本不像是同一方水土养大的人，真难以想象追风的妈平时是怎么娇惯他的。

"老大，你一定尝到我们追风的绝世厨艺了吧？"阿虎拿着罐装王老吉敬我。

我点点头。

"他会的可不止这些！"老桂挤眉弄眼笑起来，"缝个裤裆钉个扣子，对他是小事一桩。他妈妈简直把他当女儿来养，大门不出二门不迈。"

"就差给他穿花裙子了！"阿虎也说。

"穿花裤衩！"老桂补了一句。

追风似乎早就习惯两个伙伴并无恶意的嘲笑，脸上荡漾他经典的温和干净的笑容。我暗暗想，这孩子，在学校要迷倒多少女生呢？

我们吃着喝着，几个年轻人讲小学时代的事情，也谈他们洗车的事情，他们说老板至少有三个老婆，每天轮流来找他。老板很烦，有时躲在卫生间不敢出来。不过老板人倒是很好，工仔每顿饭大鱼大肉随便吃。

追风吃得很少，几根烤扁菜慢慢嚼。

“哥，吃，我们只能请你吃这个了！”阿虎递给我一串烤羊肉，有些歉意。

我倒觉得有些不好意思，像在占几个年轻人的便宜。

“你怎么不吃？”我瞧着追风那几根扁菜。

“别理他，很多东西他忌口的，这样好，我们可以多吃点。”老桂说。

估计又是他那宝妈给惯出来的，哎，以后这孩子怎么当家做主呢？

我们吃喝完毕，阿虎和老桂要去跑步。这座小城有一条河绕城而过，沿河有条五公里长的石板路，供市民晚上休闲。我只是白天办什么事情时偶尔路过那里，河边晚上的光景，我似乎还没见过。

“哥，你去和老桂他们跑跑吧，去跑跑，试试看。”追风瞧着我，亮闪闪的双眼盯在我越来越松垮的肚皮上，“店里我盯着，你放心好了。”

跑步？我感觉身上的血液一下子猛蹿起来，那还是高中时代的事情，离开校园整整十五年了，那事情早就和“理想”一样离我遥远。

“连姨都坚持走路，你看你这日子过的，你这两条腿都快生锈了吧？第三条腿也快了吧？”追风干笑起来，阿虎和老桂挤眉弄眼的，一起往我下半身看。

“跑步也算是个理想！”追风说。这句话让我心动起来，姑且算吧。

我让阿虎和老桂等我，很快换了身不伦不类的短衣短裤出来。追风吹着《飞得更高》的口哨送我们走入车来人往的夜色。

到了河边，着实让我吃一惊，我才知道我把生活过得多么狭隘。河堤上夜跑的人很多，男男女女，老老少少，短衣短裤，肩膀上搭条毛巾，闷头跑着。路灯照在他们光着的手臂和肩膀上，亮闪闪的一片汗水。

从河里上来的水汽使空气变得非常凉爽，和城里简直就是两个世界。

“舒服吧，哥？等下你出了一身汗，更舒服了。”阿虎一见跑步的人，立刻兴奋。

“不错不错，我跑个来回就回去！”我说，甩着手脚活动起来。

老桂嗤地笑起来：“哥，这河堤来回十公里，你第一次能一个来回？我俩跑了整个高一才算弄服了，你可别吓我们。”

“跑跑看，你俩别等我，在你们面前我算半个老头了！”我说，一听是十公里，赶紧给自己弄了个台阶下。

“好咧，你慢慢来，我俩可先跑了，不跑，每顿吃下去的肉全长身上去了。”阿虎说。

他俩面对我倒跑了一段，给我打气，一转身便闪进跑步的队伍里，两个脑袋起起落落地跑远了。

我踢了几下腿脚，慢慢开始跑起来。一跑，才知道这些年我这张嘴闯了多大的祸，也可能是我萎靡的精神状态造成的。我的腰部，两肋，大腿，尤其是肚子，赘肉跟随步伐颤颤悠悠晃动起来。胸口好像不是心跳在加速，而是整颗心脏在蹦，直往喉咙撞。在到达一公里的标牌时，我两条腿就开始打战了，浑身也发痒起来，那是血液在加速循环造成的。中学时代最冷的季节，在冷飕飕的空气里跑时，身体开始发热便会这样发痒。我怀疑这些年我的血液是否还在流动。我停下来，慢慢朝前走，汗水顺着后背和脑门滑下来，一身的汗水，很累，但很通透，汗水似乎把这段时间以来抑郁在心里的低落情绪也带走不少。我又开始慢慢跑起来，很多夜跑的人步伐矫健不断越过我，阿虎和老桂早就没影子了。我断断续续跑到三公里处时，他俩已经热气腾腾返回。

“哥，坚持个把月，这段路就不够你跑了。我和老桂有时跑两个来回，还不歇气的。你看那老头，头发都白了，腿上还有腱子肉呐！老头这样跑，估计八块腹肌都要出来了。八块腹肌，我的目标！”阿虎边跑边抚摸自己汗津津的腹部。他把运动衫脱掉了，绑在腰上，腹部有很明显的肌肉线条。

“得了吧，就你！刚出来时你还冰冻了可乐，等下回去弄一瓶，今晚跑掉的热量全回来了。”老桂抬了他一杠。

“那……也不能太苦哇，得懂得犒劳自己，啊，犒劳自己。”阿虎朝空中打了个响指。

这简直和当年的我一样，是时间把我变成现在令人生厌的模样，还是我自我放弃了？我有些沮丧，叫他们先跑，我慢慢跑回去。

“明晚继续，我们叫你。”他俩朝我扔下一句。

“不用，我自己来。”我说。

“别偷懒哈！订个小目标，人生从坚持跑步开始！”

人生？你们晓得什么人生？我笑起来。不过，跑跑步似乎没什么坏处，出一身汗水，人通透了，脑袋会更清醒，那些拧巴的鸡毛蒜皮也许就不是个事儿了。

回到店里时，追风和米莉正忙着把电动车推进店里。

“怎么样，哥，舒服吧？”追风问我。

“跑步舒服？你没跑过？明晚你也去跑跑。”我说。

“别，我得看店，吃你的饭拿你的钱，我就得尽吃奶的力不是？”他说。

“确实是这样，年轻人。”我说。

米莉见我回来，便撂下手里的活儿，轻轻松松上去洗澡了。米莉身上有一种令我着迷的劲儿，她好像总能在任何情况下都有令自己活得自在的能力。比如这么多年来她坚持晚饭后暴走，即便雨天，也撑伞出行。她还断断续续学了点儿插花、茶道的手艺。

“米莉姨和我打赌，你肯定坚持不到三个晚上，我替你说了一箩筐好话，你可得坚持啊，不然我得做一个月的晚饭！一个月，我要求加工资的！”追风对我说。

我有些吃惊，米莉从什么时候开始对我有这么恶劣的印象？仿佛我从根子上是个凡事三天打鱼两天晒网的混儿，想当初……当初到现在，没错，我一直没什么长进，整天守着这些破电动车，把当初那点儿锐气也抹掉殆尽。其实还是有时间可以做一些事情的，比如跑跑步，至少可以不让我身上有这些令人生厌的肥肉。我发现真可以把跑步当作一个小目标，好吧，那就试试看。

第二天中午，我花了差不多一千块钱置办一身跑步装备，亮闪闪的放在店里。追风摸着那双带淡蓝色条纹的网状透气跑鞋，羡慕不已。

“追风，你可以晚上和我跑步去，陪跑，也算工作。”我说。

“那哪行啊，我得遵守职业道德，你别把我带歪了。”追风说。

他总能找到让我无以辩驳的理由。

就这样，十五年后我又开始跑步了，像做了一个回笼梦，只是步履不再轻盈，沉缓得近乎拖沓的步伐是时间落在我身上的痕迹，再也回不去了。第一个星期跑下来，浑身上下都疼，两个星期后，断断续续能把五公里的河堤路跑完，杀一个回马枪，就是十公里，跑完差不多断气了，整个人像从河里捞出来的模样，但身体非常舒坦，脑袋也舒坦，每根筋都被拉直了似的。有一天晚上，月亮特别圆，只是一个圆挂在夜空中，淡淡倒映在河里，月光全被城市璀璨的夜晚淹没了。我对着河里的月亮凝望时，突然萌生出一个想和米莉谈谈的想法。假如米莉想离开……想着，我踢踢腿又开始跑起来，心情复杂地把五公里的河堤路跑一个来回，跑完后，那点复杂情绪便稀薄了好多，我想，假如米莉想离开，我会成全她的。

我们的饭菜变得丰盛起来，晚饭多了一个半荤素的菜。米莉说我跑步，应该多吃一点。我感觉到身体渐渐变得轻盈带来的好处，开始控制饮食，多半的菜都推给追风了。追风也不愿多吃，他说跑步的又不是他。饭菜往往都倒掉了，米莉又开始生闷气。我们终于爆发了一场激烈的争吵，那场想和米莉谈的话，变成一句简短的狠话：“不想过下去，可以走！”米莉哭着跑上楼去了。

追风边收拾碗筷边责怪我，“哥，这是你跑步跑出来的胆子？居然敢叫我姨走？”

我说：“你都看到了，总是莫名其妙生闷气，我的老心脏也快受不了了。”

追风撇撇嘴，“那不是关心你么，你跑步，她叫你多吃点，倒是错了？”

我说：“不是吃饭，她总生闷气，你没见到？”

追风说：“别扯远，说眼前的，她让你多吃，那是关心你。”

我觉得没法和他说清楚，和一个十多岁的孩子聊这些事情怎么能说清楚。我换了装备，打算去跑步。

“你们的心脏大，不爱舒舒服服过日子，爱折腾，我的小心脏快受不了了。”追风自言自语，他做饭菜很有一手，但收拾碗筷却笨手笨脚的。我没理他，带着懊丧步入灯火璀璨的夜色。

河边简直就是另一个世界，草木清香，水汽清凉，挥汗如雨跑步的人能给你传递一种悄无声息的精气神。来回跑了一圈，我的懊丧跟随汗水蒸发掉了。我在半道上碰到老桂，阿虎没来。老桂说阿虎给他妹妹送药回家了，白天请不下假，只好夜奔。

“哥，你精神不少哇！”老桂浑身上下扫了我一眼。我觉得这是对刚跑步的人最大的鼓励了。

我朝他打了个响指，“向你俩学习！”我说。

“别介，臊得慌。不过跑跑步还真挺好，跑一跑，堵心的事就跑掉一半了。”老桂说。

“年轻人，你能有什么堵心的事情？给女同学递纸条被吃白眼？”我说。

“看你说，那哪能呢。”老桂说，“追风在你那还好吧？这阵子我们忙，也没时间聚聚。”

“挺好啊！”我说。

“那家伙身体嫩，哥你多照应点。他妈若知道他出来干活，连我们都得给打个半死。”老桂一本正经的。

“惯出来的，他妈妈惯他，你们当朋友也惯他，这就奇怪了。”我说。

“朋友嘛，总该相互照应点的。”老桂说。他到了往他们洗车场去的岔路口，我们就此告别。往回走时，我回想起和米莉刚在一起时的种种艰辛。米莉当初和她的姐姐开了一家小小的蛋糕店，那时候我和发小揣着一点贩卖新米得的小钱来到城里，打算做个小本生意。有一天晚上，路过那个小蛋糕店，我竟鬼使神差地进去买了一块黑森林吃。当时她们已经快打烊了，柜子里的蛋糕倒还剩了些，米莉瞧着她姐姐在里间收拾工具，一股脑都打包给我了，“拿去吃，反正到明天也吃不成了。”这个好心眼的姑娘，从此女神般存在我心里。我把黑森林吃了整整半年，终于约到她出来逛马路，那真是一段令我终生难忘的美好时光……我拐过另一条街，买了三块黑森林。

追风极为喜欢的一辆明黄色的电动车，今天还回来时，发现有几处刮痕，租车的是个学生妹子，我也没过多和她计较。他正在拿着黄色油漆一点点修补上去，不太好看，他拧着眉毛不知怎么弄才好。

我把蛋糕递给他，他瞧了一眼，说："哄女人的东西，我又不是女人。"

这家伙，有时候聪明得让我有点挂不住脸。我把蛋糕拿上楼去，米莉坐在床上，身边堆满她乱七八糟的衣服，她垂着头，几缕头发搭在她脖颈里，她脖子有几道淡淡的颈纹。我把蛋糕递给她，米莉愕然地抬头看我。

追风一直在店里干到快要开学，还差一个星期就满两个月，但他说得回家待几天，不能直接从店里出去就去学校，那样他妈妈的心脏会受不了。不过他答应每年放假都会来店里当伙计，只要我还收小工。

我把钱结给他，将近四千元。他两月才结工资，担心把钱花完了，伟大的理想因此破灭。这孩子心真大，别人都怕老板拖欠工资，他却没心没肺的，让老板帮保管工钱。真不知以后他怎么在这个尔虞我诈的社会上混。追风在阿虎和老桂的参考下，买了一辆两千多的电动车，新崭崭地开来我的店里，要求看在主仆一场的情分上，免费给他的铁骑充满电，免得半路抛锚，丢了他的锥子脸。他们仨打算乘坐这铁骑荣归故里，由他们的老大阿虎当骑手。那天中午，追风掏腰包去买菜下厨，给我们弄了一桌告别饭菜。我们把饭桌支在店门前，光着膀子吃喝起来，他们仨还是喝王老吉，我要两瓶啤酒，米莉什么也吃不下。我们一直吃喝到午后最热的时刻过去，他们仨就上路了，挤挤挨挨抱在电动车上，追风被夹在中间。他们一齐朝我挥挥手，高声大气唱着："我要飞得更高，飞得更高……"绝尘而去。

那一刻，我有些眼热他们，他们的年轻，他们蓬勃的生命，他们才开始的人生，以及他们的“理想”。

不久以后开学了，追风隔段时间就开他的电驴来我的店里，借用我的工具东敲西打，他的电驴小毛病不断。

十一月时，这座小城终于开始凉爽下来，午后的阳光温暖宜人，躺在芒果树下不再是一种折磨，在芒果树下休憩无比舒适。十一月底的一天中午，阿虎和老桂突然来到我的店里，他们是开着追风的电驴来的，身上还穿着校服。两个年轻人沉默了一会儿，说，追风没了。

“没了？没了是什么意思？”我有点儿发懵。

“追风一直有先天性心脏病的，他没告诉你？”阿虎问。

“没有，没告诉我……他说过他的小心脏会随时停止跳动之类的，他不是在开玩笑吗？”我吃了一惊。

“没开玩笑，就因为这个，洗车老板不要他，不然我们仨就一起洗车了。”老桂说。

“什么时候没的？”我问道，感觉心底划过一阵尖锐的疼。

“今天是二十一天了。”阿虎说。

“从电动车上摔下来没的，他避让一头受惊吓的牛。其实他根本没受伤，车也没坏，牛也没撞他的车，他就心慌了，被吓的。”老桂说。

我们一时无话可说，深秋的阳光明亮得使人不相信这个世界会发生悲伤的事情。追风依然眉眼清晰地在我眼前，仿佛刚吃过午饭才离开。

“他妈妈恨透这电动车了，我们不知道怎么处理，也许你这儿需要，你不会觉得不吉利吧？”阿虎说。

“不会，怎么会呢，放我这里吧。你们是想卖掉还是想让我帮着保管。”我问他们。

“什么卖不卖的，就给你吧，我们也不敢要的，骑着给他妈妈看见她要打我们。他妈妈从不让他出门干活，只在家做做饭，差一点连书都不给读了，就怕他……”阿虎显得很难过，这个平时看起来相当成熟的年轻人，这时候变成了一个真实的孩子。

我点点头。他们默默把电动车钥匙交给我，站着打量电动车一会儿，我们都不说话，然后他们就离开了。

米莉晾晒完衣服从楼上下来，问我追风怎么没来。我不知道该怎么告诉她，她已经怀孕了，母性的天然慈悲心使她变得非常平和，我不想打搅她的宁静。

我蹲下来，仔细打量那辆电动车，车的前盖有几道划痕，车轮盖下淤着泥垢。假如追风……我开始擦洗电动车起来，擦着擦着，突然感到浑身变得很滞重，仿佛有什么无形的东西压到身上。我扔掉抹布，迅速换上跑步衣裤，骑着追风的电驴出了城，朝河边驶去。

我必须要去跑一跑，必须要出一身大汗，必须要把正朝心里聚拢来的越来越多的悲伤跑掉。

“我要飞得更高，飞得更高……”我轻轻哼起来，感觉脸上有东西在滑落。

三次相遇

一

她从垂挂在门口的白色帐幔外进来时，我一时糊涂了。努力搜刮脑海中的记忆，不管是父亲这边还是母亲那边的亲戚，我都没法从她的相貌上辨认出是否见过她，她又是谁，和故去的人是什么关系，我该怎么称呼并给她戴上白孝。按照我们这地方的风俗，只有和故人极为近亲的人才能进帐幔内敬香火。远亲则在帐幔外的火盆里烧些纸钱就行。故去的人是我爷爷，我作为长孙女，按照丧仪要给每一位进入帐幔内敬香的亲戚下跪并为其戴上白孝，亲戚戴上白孝方能在棺木前的供桌上敬香。

她进来了，矮小精瘦的身材，不到一米五的样子，看起来像一个还没发育的女孩子的身形。一张尖而窄的脸非常老相，肤色暗黄干枯，两道法令纹从鼻子两侧几乎要拖到下巴，像一对括弧把两片黯黑的薄嘴唇圈在其中。眼角和额头还算平整，只有在她抬眼望着什么东西时她额头上才显出两道横纹来。这使我不禁怀疑其实她年纪并不大，也许是人显老相了。但一看她的头发我又否定了，她小而圆的脑袋上顶着稀疏的白发，短短地箍在后脑勺上，一件陈旧的蓝色运动服快要拖到她的膝盖上了，显然不是她本人的。她朝我们走过来，手里提的白底蓝花布袋脏得不像话，一块块可疑污渍把袋子上的蓝色花朵给染得面目全非，敞开的袋口上露出一包香火。我坐在母亲身边，愣愣地看她朝我们走过来，母亲用胳膊肘碰碰我，轻声说："快给你二婶子跪孝。"

我很疑惑："二婶子？"

母亲说："你羊二叔婶了。"

我感到很吃惊，但不容我多想，她就走到我面前了。我朝她双膝跪下，叫羊二婶子，她弯下腰身，并把右胳膊伸给我。我给她系上白孝布时，她说："是小妖吧？"我点点头。她没再说什么，轻轻叹了口气。我又回到母亲身边坐下，目光始终未离开瘦小的羊二婶子。戴上白孝后，羊二婶子跪在棺木前的供桌上，从布袋里掏出一包香，抽出三根就着供桌上的长明灯点后插在爷爷遗像前的大米碗里，然后把那包剩余的香放回布袋里了。母亲用胳膊肘碰碰我，朝我撇着嘴唇，不知道是什么意思，也无暇去猜测。我的思绪完全被羊二婶子的变化所扰乱了。在我正准备沉浸在第一次见她的回忆里时，很突兀的，羊二婶子突然俯在爷爷的棺木上痛哭起来。因为身子矮小，跪下后她的头正好和棺木齐平，因此她笔直地跪着，把两只胳膊盘在棺木上，埋头在胳膊里痛哭起来。我无法想象那个瘦小的身体里能爆发出这样高亢嘹亮的声音。因为爷爷已经八十四岁了，属于喜丧，进到帐幔内守丧的亲戚都不怎么显得悲伤，我给戴上白孝后，他们在遗像前点上香火磕了头，然后按照男左女右在棺木两旁的竹席上坐下，边小声聊天边守丧。受过爷爷生前关照的亲戚，也就多烧几炷香火罢了。像羊二婶子这样哭天抢地的我还没见到。她哭起来没有任何过渡，仿佛按一个开关声音就出来了。而从她撩开白帐幔进来到跪在供桌前给爷爷点香火上香，我发现她甚至都没看爷爷的遗像一眼。羊二婶子哭得很专注，完全沉浸在她的悲伤中，有一刻我甚至在想，她到底知道不知道自己在哭什么。

我偷偷看了看母亲，发现母亲脸色很难看，和我们坐在一起守丧的亲戚们也对羊二婶子露出满脸厌烦。喜丧是不兴这么哭的。守丧的一个女亲戚实在看不下去了，站起来过去拍拍她的肩膀，说："行了他二婶子，上了香就到后堂吃饭去吧。"

羊二婶子的哭声又很突兀地停了。她在胳膊肘里很大声地擤鼻子，等她抬头时，我不禁好奇仔细打量她，能这样收放自如地哭，到底是真哭还是假哭？我发现她的眼睛和鼻尖都有些红，但并没有流泪的痕迹，一时愕然，她抑扬顿挫的哭声都是干号出来的。羊二婶子从棺木边站起来，拉拉运动服下摆，红着双眼朝我和母亲笑笑，然后就走到后堂去了。我听见母亲朝羊二婶子背后小声嘀咕：“这回真成死账了。”母亲说羊二婶子借爷爷一千块钱，在爷爷病重期间，母亲和她提过还钱给爷爷治病，但羊二婶子总是以种种借口推延。母亲因此对她有些成见。

关于羊二婶子，我曾经从母亲那里知道她一些变故。羊二婶子是爷爷大哥的二儿子，也就是羊二叔的老婆。爷爷老家在山区里，他出来参加工作后，上门到现在的村子里，只有我妈和我姨两个女儿，我妈只好招婿上门了。爷爷兄弟依然居住在山区老家里，离我们村很远。这位羊二婶子，我九岁时第一次见她是在她的婚礼上，母亲带我回老家去喝羊二叔的喜酒。此后就没见过她，时隔二十一年后，这是第二次见到她。很多年前，大概是七八年前，曾听母亲说起羊二叔在一次放羊中摔下山崖死了，羊二婶子拉扯一个孩子，日子过得颇为艰难。母亲还说，羊二婶子对亲戚们不地道，亲戚们都疏远她了。那时我在外地工作，母亲是在电话中对我说起这些事情的。假如我知道第二次，以及第三次相遇时见到的羊二婶子是这个样子，我也许会刻意回避掉那些和她再次相见的所有机会。

二

我依然清晰记得第一次见到羊二婶子时的情景。羊二叔新婚那天晚上我其实没见到新娘，新娘子和她的伴娘们夜晚来到羊二叔家时，被羊二叔的伙伴们轰一通鞭炮，全都躲进羊二叔新房里并关紧房门，连面都没露一个。我因此闷闷不乐，母亲却安慰我说，第二早还可以见新娘，第二早的新娘比今晚的新娘更好看。我问为什么，母亲笑眯眯地说，因为新娘过了新婚之夜会更漂亮。旁边的亲戚们全都笑起来。

第二天一大早早起，跑到厅堂时，我便着魔一样怔住了。我认定那就是新娘子。那是一个娇小的侧影，穿一件质地柔软的水红色长袖衬衫，灰褐色的直筒裤子，裤脚有点儿长，盖住黑色的半跟皮鞋，只露出一小截圆圆的鞋头。小而圆的脑袋后拖一根黑亮的长辫子，辫子绕过左侧的衣领，绕过她纤细的脖颈垂到胸前，发辫上红色的发箍像一只蝴蝶一样，很长一段时间里在我的记忆中翩跹起舞。她端着一盆浸泡了柚子叶的清水，正弯下腰身把铜盆放到厅堂里的八仙桌上。那是新媳妇晨起端给长辈们的净手水。厅堂里其实还有不断往来忙碌的人，可我的眼里却分明只见到她。她略微弯下轻盈的腰身放下铜盆时，那条垂在胸前的麻花辫子一下子便朝前垂下来，轻轻摇晃着。我想我一定着了魔，竟然跑上前去，伸手扯了扯那条轻轻摆动的麻花辫子。我闻到她身上散发出一股若有若无的青草般的清香气息。羊二婶子显然吃了一惊，直起身来看我。她的脸稍显长了点，小巧玲珑的五官倒很端庄，两道淡淡的眉毛下，一双秋水般的眼睛里映出傻笑的我。母亲从身后扯开我，让我叫二婶子。我看见羊二婶子小巧的五官慢慢爬上一层驼红色，显然她还没有适应羊二婶子的角色。我上到初中以后，每当回忆起新婚的羊二婶子，我总会这样形容记忆里的她：像雨后路边绽放的一朵小雏菊，安静、淡雅、小巧、羞涩。

如今，羊二婶子像一个噩梦一样出现在我面前。我怎么也无法说服自己接受眼前这个满头稀疏白发，一脸苦相，近乎撒泼般哭丧的女人就是当初那个新婚的羊二婶子，我无法知道时光在她的身上做了些什么。羊二婶子哭罢丧，提着她的布袋到后堂吃斋饭去了。我本来想跟着出去和她说几句话，想到我所持的丧仪便只好作罢。羊二婶子到后堂去吃斋饭后，她好像忘记了礼俗，没见她再进来守丧了。这使我感到非常奇怪，爷爷和羊二婶子属于叔侄关系，守丧是无法避免的。瞅一个空闲，我溜到后堂去了。羊二婶子果然在后堂，但她的行为不禁使我大为惊讶。她不到厅堂里守丧，竟然在后堂帮着收拾客人们用过饭后的饭桌。她麻利地把剩饭倒进潲桶里，饭桌上的碗筷盘盏归拢到簸箕里，一趟一趟端到伙房后的水池边给专门洗碗的几个女人。她一桌接一桌收拾，袖子撸到胳膊上，仿佛是来帮忙的邻居。

我走过去，拉住她的手说："羊二婶，你到堂屋里去吧，这些活都有人做的。"

她缓下手里的忙活，绞着一块抹布说："小妖，婶子老了，越活日子越不待见了，你不要看不起婶子。"

她说这话时显得有点凄楚，比刚才哭丧时带出的悲伤更真实些。我说："哪能呢？羊二婶子，我一直记着你。"我想我没撒谎，我一直都记得那个小雏菊一样娇小而淡雅羞涩的羊二婶子。羊二婶子居然被我这句话惹得泪水涟涟，她抹了把泪，朝厅堂里张望，说："你进去吧，婶子在这里忙，心里装着二叔(我爷爷)呢，活着时没少关照你二婶子和侄子。你侄今早卖山药去了，下午赶来烧香。在里头婶子心里难受，手里有活忙，心没那么空了。"

我不好再说什么。回到厅堂里守丧时，我对母亲说羊二婶子在后堂帮收拾饭桌，母亲撇撇嘴，咕哝道："不知道又打什么主意。"母亲的话使我有些诧异。

这些年外出工作，回家极少，家里的里亲外戚，我已经很生疏了。不知道羊二婶子到底发生什么样的改变，使家族人如此反感。我想多半是因为他们母子俩家道落魄、生计艰难而遭族人鄙夷吧。暗暗感慨一番，心里对羊二婶子不禁生出无限同情，对她特别留意起来。一留意，我便看出了些端倪。

如今的丧事，已经不像旧时那么讲究礼俗了。特别是在吃喝上，斋饭其实只是针对家里人，白豆腐煮青菜，外加白米饭。就是一盆白菜豆腐，也做得极为讲究味道。用炖猪肉的汤水来煮。豆腐里也有名堂，不是菜市场里卖的薄片豆腐，而是家里自制的豆腐，故意制成厚约三个手指头的大块豆腐，然后切成许多块火柴盒大小的小三角形，拿小汤勺剜出一个小洞，往里填塞拌了酱油香菜的肉末，农村叫豆腐样。这豆腐样放进盛了亮汪汪的炖过猪肉的汤水里煮，再拨进半筐鲜嫩芥菜，在城里那是倍受欢迎的一道养生农家菜了。这样滑稽的斋饭，也仅限于守丧这两天，出殡下葬后便基本上是大鱼大肉了。疏远一点的藤蔓枝丫亲戚，干脆都不用吃斋，每顿饭都有几样油水充足的荤菜堂而皇之摆上，而一碗炖猪脚和放了红糖酱油焖的三角肉是必须有的。假如不是菜桌上的一盆白豆腐块，谁都看不出这是一桌白事饭。

我发现羊二婶子身上的端倪，是极为偶然的。我们村里的人家一户紧挨一户，每一户人家和邻居家的房子之间通常都会留宽大约两米的一条隔墙。这条隔墙的使用权也是约定俗成的，在谁家房子的左手边，使用权就归谁，遵循左为尊首的风水习俗。我们家的隔墙，父亲给安了一扇铁条门，进了这门可以直接到达家里的天井和伙房。平常时候隔墙通道的铁条门是关着的，里头搁置家里的农具和一些废弃不用又不方便扔掉的旧家具。爷爷的房间在二楼，墙壁上开一扇窗户，往下看可以见到我们家的隔墙通道。道公要给爷爷念超度经文时，吩咐我去取一件爷爷穿过的衣物。我上了二楼，爷爷的房间里已经收拾过了，床铺被拆掉，铺盖和衣物装进两只编织袋里，搁在小窗户下，编织袋已经被白布条扎了口子，不便再解开。我看见窗户的窗条上还挂着爷爷的蓝色毛巾，想想也算是一件衣物了，于是走到窗前取下来。不经意地，往窗下瞟了一眼。我看见羊二婶子正从后堂拐进隔墙通道，手里端着一碗三角肉。她端着肉碗小心绕过通道里的杂物，在铁条门边一张旧柜子旁蹲下来，伸手朝柜子里摸索。我惊讶地看见她从柜子里掏出她污迹斑斑的布袋，然后把肉碗放到地上，把布袋里的东西一一掏出来：一把香，一件胡乱卷成一团的灰褐色毛衣，然后是各种颜色的塑料袋子。羊二婶子挑一个蓝色塑料袋子，抖开口子，麻利地把那碗三角肉倒进去，然后扎好口子，把东西重新装进她的布袋里，再把布袋又塞回旧柜子里，东西放妥当后端着空碗往回走，又到后堂去了。我站在窗前看着这一幕，感到很吃惊。拿着毛巾下楼给道公后，再也无心守丧了，离开厅堂来到父亲的房间。他的房间外就是专供亲戚们吃饭的后堂，从房间的窗户里可以清楚看见后堂往来吃饭的亲戚们。

前来吊丧的亲戚们来的时辰都不一样，时刻都有人到后堂吃饭，不管来一个还是一拨，都得上饭菜。羊二婶子不断忙碌着收拾用过的饭桌，我发现她把各个饭桌上客人们吃剩的荤菜都拨到一个碗里。这些吃剩的荤菜是该归拢起来端回伙房里去的，作为下葬后第二天早上的回锅肉。羊二婶子装满一碗荤菜，便扔下手里的抹布端着肉碗出后堂。我一见她离开后堂，赶紧往二楼爷爷的房间里去，果然又看见她出现在隔墙通道里。羊二婶子第五次出现在通道里时，她的布袋已经快满了。我从楼上的窗口看见她蹲在地上，把那包檀香取出来放进柜子里，几大袋肉包被她盖在灰褐色的毛衣下了，布袋显得胀鼓鼓的。这回她并不着急离开通道，而是坐在一只倒扣的竹筐上，掏出手机拨弄起来，却并不打电话。一会儿我看见一个二十来岁的矮墩墩的小伙子从通道的另一端走进来，隔着铁条门和羊二婶子小声说话。羊二婶子企图把装满了肉的布袋从铁条门塞出去给他，却塞不出去。她回头往通道口看了看，迅速掏出所有的肉包，一袋一袋塞出铁条门给小伙子，布袋和毛衣也塞过去了，小伙子把肉包重新装进布袋里，毛衣盖在布袋口上，走出通道。我赶紧下楼，在庭院的隔墙通道口看见小伙子把布袋放进一个破旧的电动车后箱里，骑电动车扬长而去了。

小伙子第三次骑电动车离开又返回来时，羊二婶子找了个机会，把他带到我跟前，叫他喊我堂姐。他是羊二婶子的儿子，叫唐汉，据说在一个石场钻炮眼，没活干时在老家山上挖山草药卖，运气好时还能逮到些野物来卖个好价钱。小伙子长得并不像羊二婶子，五官粗糙，有点儿像羊二叔。他朝我笑笑，腼腆的样子，很听羊二婶子的话。

发完丧吃过晚饭后，羊二婶子领着唐汉来和我告别。她拉着我的手说，第一次见我时才一个小丫头片子，如今都成大姑娘了。下次见面还不知道什么时候。我说还可以见的，我要在家里待些天，做完爷爷的小月再回去，婶子有空过来啊。我们又站着说了会儿话，羊二婶子母子俩就离开了。

我始终没把通道里的事情告诉母亲，免得她又唠叨。

三

爷爷的小月在发丧后的第十五天。那天夜幕降临时，母亲需要从家里一路点香到爷爷的墓地，俗称引归亡灵，爷爷的魂灵会趁着夜色沿一路香火回到家里。道公在家里设坛诵法，引渡爷爷的亡灵回归祖宗牌位。因此我还得在家待半个月。家里的丧事基本忙完后，百无聊赖之际，我突然想到离家仅八公里远的坡镇，决定到坡镇去走走。

坡镇在民国年间是我们县域县城所在。那个镇子并不大，傍山而建，是个山区小镇，赶街的基本都是山里的居民，因此这个坡镇三天一次的圩日被我们这些平原乡镇的人称为玉米圩。山区山多田少，缺乏水源，只能种玉米，山里人长年吃玉米粥，对白米饭的渴望可想而知。玉米圩的称呼，颇有些平原人的优越感和对山区人的不屑饱含其中。新中国成立后，考虑到坡镇属于山区小镇，无开阔之地，无法扩建，对县城今后的发展及形象都会产生局限性影响，于是县城搬迁至州镇。坡镇的圩日从此极少有平原乡镇的人来赶，成为名副其实的的玉米圩了。

算起来，我也有将近二十年没赶过坡镇的圩日了。爷爷属于坡镇山区里的人，我记得小时候他倒是常常带我来坡镇赶圩。一辆二十八寸的凤凰牌老自行车载着祖孙两人，一路叽叽嘎嘎往坡镇赶。爷爷在坡镇上常常碰到从老家出来赶圩的同村人，有卖草绳的、竹篾筐的、凳子桌椅的、山草药的，偶尔还有把抓到的吹风蛇拿来卖给做药酒的人。爷爷和他们站在街边，眉飞色舞聊着。我发现爷爷和他同村的人说话时，语腔就变了。山区人和我们平原人说话的语调不一样，语速比较快，喜欢在话尾加上语气词“哦”。比如：回家，我们平原人直接说回家，而山区人则加上“哦”，变成回家哦，吃饭哦，赶街哦，耍哦。爷爷和他的乡亲们说话时，我在一旁只听到一堆“哦”。哦——我拉长声音学他们，提醒爷爷兑现我跟他来赶玉米圩他给我许诺下的好处——油炸三角粽子。爷爷的乡亲们听到我鹦鹉学舌的怪腔调，有些尴尬，爷爷更尴尬。

对于坡镇的记忆，如此遥远，又如此清晰。

坡镇基本上没有什么改变，唯一一条碎石铺就的老街贯穿首尾，一如当初坑坑洼洼。街道两旁全是两三层的木楼，青瓦盖的屋顶，陈旧中透出一种严守传统的不可侵犯的严肃之美。一楼的厅堂当了门面，卖的都是琐碎东西，纸钱檀香火烛，布匹衣料鞋袜，镰刀柴刀犁头，种子化肥农药，日常用品批发零售。我甚至在一家叫“蓝靛草”的小商店里看见有火柴卖，在一个小玻璃柜里整整齐齐码着，我数了数，有二十一盒。我不禁有些激动，火柴盒，如今这名词只被用来当形容词了——火柴盒大小的新闻，火柴盒大小的土坷垃。我叫老板取了两盒，每盒五毛钱，我记得小时候是五分钱一盒的。拿了火柴盒，迫不及待推开盒盖，里头排列着整整齐齐的干燥的火柴棍，闻一闻，一股淡淡的火药味道，和记忆中的味道一模一样。取出一根，嚓一声划过火镰，小小的火焰便嗤的燃起来。我心里咯噔了一下，微小的烈焰照亮了深埋于心底的一些记忆。

路过一个菜市场，音像制品店，屠宰公司，一家快餐店，还有两家米粉店，再走过一家录像厅，坡镇唯一的街道就把我送到了一个露天交易市场。那其实就是一片空地，山民们家里产的猪崽，山羊，牛犊子，小马驹，猪鸡鸭狗，山货野物全在这片空地上交易。在这里买到的鸡鸭绝对不会有饲料喂养的，山民们也喂不起，全都是散养，因此味道非常地道。

那块空地还是老样子，连十二根拴牲口的木桩都没少一根，只是木桩长年被拴牲口的绳子缠磨，显得更加光滑了。我是在一块专门卖家禽的空地上看见羊二婶子的。那里围了一圈人，凭我经验猜想，肯定是哪个山民逮到什么稀罕野物了，于是便凑上去。山民们看见我的穿戴，给我挪了挪，大概认为在我身上会成就一笔买卖吧。我很顺利便从人群中钻到前面去，惊喜地看见羊二婶子，还是穿那件长长的蓝色运动服，脑袋上戴一顶黑色的沾满棉絮的毛线帽。比她高出差不过两个个头的唐汉站在她的身后，脸上带着兴奋的表情。唐汉朝我看时，我分明看见他眼里亮了一下，看出来他认出我了。羊二婶子怀里抱着一只羽毛五彩斑斓的野鸡，正在和一个干部模样的人讨价还价，显然她忙着做生意，顾不上看我。那真是一只漂亮的野鸡啊，脖子部分是耀眼的孔雀蓝，身体则有玫红色和暗黑色的羽毛相杂。两根长长的绿色尾羽高高挑起，弯成一个优美的弧度。它通身的羽毛非常光亮水滑，在阳光下散发出一圈圈五光十色的耀眼光芒。野鸡并不大，大概就两斤多，不会超过三斤，安静地匍匐在羊二婶子怀里，一双机警的眼睛滴溜溜转。野鸡的两只细脚被羊二婶子紧紧攥着，连绳子都没绑。

羊二婶子抚摸野鸡光滑的羽毛，对干部说："老弟，你看一看呀，这是真正的野鸡，看看毛色你就知道，光滑得像抹了松香油一样，不信你摸摸。"

干部说："真货倒是真货，你这价也太离谱了，八十块钱一斤。前两圩我也买了一只，人家那才五十块一斤。"

羊二婶子说："五十块？我发誓，那肯定是饲养的野鸡，野鸡崽子圈养出来的，不仅鸡毛色不一样，吃起来也不一样。你买回去试试，保证你不后悔。"

干部伸手摸了摸野鸡，摇摇头，说："还是太贵了。"

羊二婶子仿佛下了狠心似的，把野鸡朝干部手里推："老弟，七十块一斤，行你就抱走，无论如何都不能再降了，再降就对不起仔了。他在山上下套子守了整整一夜，到现在水米未沾，说什么也得给仔一个遭罪的价呀。这鸡两斤八两，不信我可以找人称给你看，拿着。”

干部没接野鸡，还在犹豫。我打算帮羊二婶子一把。

我挤上前去，说：“多少钱一斤？”

看热闹的人一下子把视线集中到我身上。干部转向我，说：“那是龙肉价，狠。”

羊二婶子见来了新买家，朝我热情看一眼，我看见她的笑在脸上顿了一下，仿佛认出了我。为了把戏演得更像，我没把墨镜摘下来，也不打算跟她打招呼。羊二婶子犹豫了一下，说：“七十块，不能再少了，真正的野鸡，两斤八两。”

我看见她身后的唐汉扯了一下羊二婶的运动服下摆，羊二婶子反手打掉了，她说：“着急什么呀，这是好货，怎么也得卖个遭罪的钱。”

唐汉脸上有些着急的神色，他说：“妈……”

“住嘴，没用的东西。”羊二婶子脸上有了愠怒，回头呵斥唐汉，唐汉朝我小心翼翼看一眼，低下头。

我朝干部望望，笑着说：“大哥，你要不要，不要我就买了。”

干部显然挺难为情，还在打量羊二婶子怀里的野鸡，没说买也没说不买。我继续笑着看他，心里却紧张起来，万一他不买了，我该怎么办，难道真要掏钱买下这只野鸡？

羊二婶子看看干部，又看看我，她的目光躲躲闪闪，始终没和我对视，她肯定认出我了，也许也猜到我的用意。干部又伸手摸了一回野鸡，羊二婶子这时突然把野鸡塞到我怀里，说：“妹子，给你了，看你是个诚心想买的人。”

羊二婶子也许只是想激一激干部，促使干部下决心买了野鸡。但她的举止来得太突然，眨眼一只扑棱的活物就到我的怀里，着实让我吓一跳。我一惊慌，双手接与不接之间，没绑脚的野鸡便扑腾五彩斑斓的一身羽毛飞跃过人群中，驮着一身令人眩晕的色彩眨眼便钻进大街不见了。

羊二婶子拍着大腿，看着飞奔而去的野鸡尖叫起来：“鸡，鸡，哎呀，快追呀！”

唐汉几乎在同时朝街上跑去，粗壮的身子跑起来比脱兔还敏捷。我被突如其来的意外弄得一阵发懵，等清醒过来时，我发现自己陷入了尴尬的境地。我想摘下墨镜，可又一想，这个时候摘下墨镜认了羊二婶子，是什么意思？野鸡能追回来尚好，追不回来难道想让她看在亲戚的情分上就算了？

我决定不摘下我的墨镜。

围观的人群兴奋起来，脸上一副看好戏的神情。干部摊开双手，朝羊二婶子说：“怎么样，早卖给我不就没事了？这下好了，连五十块都挣不到喽。”

羊二婶子一副要哭的样子，但很快哭相便从她的脸上退去了，她逼视着我，抽着鼻子说：“妹子，你看起来是个面善的人，这事情，你得给大姐一个说法。三斤的野鸡，不能就这么跑掉了哇。”

羊二婶子说的是“大姐”，我知道她是不打算认出我了。我试图为自己争辩：“大姐，我没打算看你的野鸡，你自己塞给我的。”

羊二婶子拍着巴掌，说：“咦，你这怎么说话的，你不说想买，我能往你手里塞吗？大家说是不是，啊，是不是？三斤的野鸡呀。”

有人附和起来，也有人戏谑羊二婶子：“不是两斤八两吗？怎么又变成三斤了，才一会野鸡就长二两肉了？”

羊二婶子朝说话的人剜一个白眼，说：“我这人实在。在家称是两斤八两，但秤尾直往上翘，挂不住，抹平就该三斤了，你懂什么。”

人群中有人笑起来，说：“谁知道你那秤吃不吃人？你看人家姑娘面生，欺生嘛。野鸡能长到三斤的，可少。”

羊二婶子朝我瞟一眼，很快又移开目光，说：“可少，又不是没有，我们那片山莫说野鸡，连豺狼都有，就看你有没有本事猎到了。”

搭话的人促狭地说：“嚯，你那地方，倒是好地方呀。”

围观的人群哄地笑起来。

干部把我拉出人群，悄声说：“给钱，走人吧。这女人我熟，常来卖山货，贪便宜，计较，惹急了还撒泼。”

我还没来得及说什么，羊二婶子看见干部把我拉出人群，尖叫着从人堆里钻出来一把扯住我的胳膊。

“想跑？”她说，“青天白日坏了人家的货就想跑？没那么便宜。”

我说：“我没想跑，这位大哥只是告诉我野鸡的实价。况且，你儿子不是没回来嘛，说不定他把野鸡给捉到了。”

羊二婶子说：“什么实价，七十块一斤，一分也不能少。鸡能捉回来你爱买不买，捉不回来就按这个价赔。”

她终于说到点子上了。干部拿胳膊肘子碰碰我，小声说："看，赖上了吧。"

我对羊二婶子说："你放心，鸡追不回我赔。你说三斤我就赔三斤，四斤我赔四斤，一分都不少你。"

也许我的口气有些硬，我在墨镜里直视羊二婶子，看见她有些尴尬，眼神慌乱地掠过我的脸。

羊二婶子说："三斤，我又不是讹人的混子，多一分我也不要。"

人群里有人戏谑羊二婶子："你还有见了钱不要的？"人群又哄笑起来。

羊二婶子离开人群，走到一边去打电话了，很快她又返回人群，朝我说："等着吧，我仔还在找，这东西不是家养的，在山里跑惯了，不容易逮。"

人群里有人说："肯定是找不到了。"

羊二婶子得了我承诺，不着急了，坐在几块砖头上，气定神闲地享受冬日午后暖洋洋的阳光。干部又碰碰我，说："开钱走人吧，野鸡肯定捉不回的，你没见她刚才打电话？"

我有些疑惑，我是看见羊二婶子打电话了，她只是问唐汉野鸡追没追到。干部见我困惑的表情，笑着摇摇头，说："你不信我，你等着看吧。"

干部说完转到别处去了，围观的人群也觉得无趣，渐渐散去，最后只剩下我和羊二婶子在原地等着。她依旧坐在砖头上，我靠在一根拴牲口的木桩上。羊二婶子并不看我，但我知道她其实一直在注视我的双脚。我看见旁边一个山里汉子在卖竹篾背篓，背篓编得非常精致，心想买一个回去装点图书倒蛮不错的。于是想走过去看看。我刚迈开脚步，羊二婶子就机警地抬头看我，我只好作罢。免得她老认为我想跑。我又靠在木桩上，脸朝着她，盯住她。大概她也知道我在看她，又低下头了。我们一直都没说话，我在墨镜里盯着我的羊二婶子，眼前幻觉一样反反复复出现羊二婶子新婚时的样子。

我和羊二婶子等了个把钟头，唐汉一直没回来。我不想再等了，这不是钱的问题，而是我和羊二婶子之间尴尬的气氛使我无法再忍受了。我从包里数出二百一十块钱，朝羊二婶子走过去，然后递给她。羊二婶子从砖头上站起来，有些犹豫地接过钱，她一直都不敢和我对视。这一刻我很想摘下我的墨镜，但最终还是没摘下来。我突然觉得，眼前这个女人，和第一次相见的羊二婶子，其实就是两个人，两个毫不相干的人。

我们在沉默中完成这笔荒唐而难堪的交易。

在坡镇上的遭遇，使我郁闷一整天。我有些不死心，三天后坡镇再逢圩时，我又去赶圩了。还是原来的地方，还是一群围观的人。还是穿着长长蓝色运动服的羊二婶子，站在她身后的唐汉脸上依旧带着些腼腆的神情。羊二婶子怀里，连那只五彩斑斓的野鸡也还如前两天我见到的一样，安静地伏在羊二婶子的怀里，机警的一双眼睛滴溜溜看着围观的人群。明亮的阳光照在野鸡颜色鲜亮的羽毛上，散发出一圈圈五光十色的耀眼光芒。

我在人群后看了一会儿羊二婶子，然后转身走开了。这次，我们没有相遇，我在心里难过地说。